飓风之上

阮幼仪 × 著

江苏凤凰文艺出版社
JIANGSU PHOENIX LITERATURE AND ART PUBLISHING LTD

一个人没有牵挂可能更勇敢，

但有了牵挂，将更机智。

目录

第一章 佛光里的琅勃拉邦

▷► 1

突突作响的发动机仿佛枪声，一片呛人的浓烟里，温晚勉强坐起来。身边的虞可可还死死地拉着季冬的衣袖，脸色被倒映了火烧云的湄公河水衬得苍白。

温晚低头看了看手机上的时间。

……昏迷了一天啊。

她坐在船上，靠着船舷，静听片刻，没听到想象中的枪声，这才确定他们三人已经顺利逃脱了所谓的武装驱赶。

“阿晚……”虞可可紧张地开口，“我们该……怎么办？”

温晚摇摇头。

“你可别不说话，我是跟你来的，你别管杀不管埋！”

最后一句话说得有些重，季冬下意识地阻止虞可可：“说什么呢……”

声音却被温晚低沉的笑声盖过：“呵，事到如今，走一步看一步呗。”

温晚的眼神里泛着玩味的冷意，虞可可被她看得有些发怵，心虚地低下了头。

——你还不肯和她说实话?

——她和你不一样，我喜欢的是她。

哪里不一样了?

虞可可偷偷抬眼打量温晚，心里倔强地反驳着季冬的话。

一路逃亡并不顺利。

深夜两点，琅勃拉邦空旷无人。

他们三个已经路过第五个酒店，不是客满就是早已关门。

虞可可哭丧着一张脸，拖着尾音耍赖："我真的走不动了，这到底是什么破地方啊！"

她话音刚落，街角的门突然打开，一个高大的黑影从里面走了出来。

虞可可被吓得尖叫着躲到季冬的身后，紧紧地攥着季冬的衣角。

温晚皱了皱眉侧目看过去，路灯昏暗，走出来的男人背着光，个子很高，背脊笔直，懒散地拖着步子，隔着老远，手里的垃圾袋随意一丢，正中垃圾桶。当他半转身，温晚瞥见一道模糊的五官轮廓，很深邃。

她发现男人头上方motel的牌子正被七彩的霓虹灯围绕得闪闪发光。

温晚眼睛一亮，快步上前，在男人进去之前拦住了他。

"还有空房间吗？"

柏骞停下脚步，垂下眼眸淡淡地瞥了一眼，他的头发有些乱，人显得很没精神。

深夜的街道很空，快到五月的雨季，空气潮湿又腥冷。

静默半分钟，温晚以为自己猜错了，他并不是中国人，刚准备换成英语再问一次，就听到他的声音飘着在头顶。

“要几间？”

他的声音听起来比他的人看起来更没精神。

深夜两三点出来扔垃圾也太奇怪了吧！

“三间。”

“500美元一间。”他也不看人，顺势靠在墙上，地上一片修长的影子，他从口袋里摸出一根烟叼在嘴里，偏头，用打火机慢吞吞点燃。

温晚的目光盯着他的手，火光微闪，她看见他手虎口的位置有厚厚的茧，食指的指腹也很硬，那是常年用枪才会留下的痕迹。

她的脸色有些变化，毕竟身处金三角，什么都得往最坏的方向想。

“不还价。”低沉含糊的声音伴随着淡淡烟雾喷在脸上，散去后，温晚终于看清了他的五官。

她的目光微微地一闪，愣住，仿佛有短暂定格，神思飞远，直到面前这熟悉又陌生的脸和多年前的一瞥慢慢重合。她低头，突然笑了一下。

身后的虞可可听到价格不高兴了，她长得可爱，声音又甜，对着柏骞眨了眨眼睛撒娇，看清柏骞的长相后声音更像抹了层香蜜一般，又甜又腻。

“帅哥老板，你是不是把单位说错了，五百人民币吧？”

柏骞低头吸烟，目光停留在温晚脸上。

见柏骞不理她，虞可可有些气结，声音沉了下来："帅哥，你可不能看我可爱就欺负我。"

柏骞掸了下烟灰，抬头看了一眼，慢吞吞地张开嘴："可爱的标准什么时候这么低了。"

温晚抿抿唇，没作声。

"你……"要不是为了维护自己在季冬面前少得可怜的形象，虞可可差点儿就跺脚了，"这么说话就过分了哟！"

"行，五百就五百。"温晚适时地打断他俩的对话。

她觉得他要这么高的价格，是有意刁难不想给他们住，但不想给人住还开客栈干什么。此刻的他们并没有选择的余地，赶紧找个栖身之地才是当务之急。

季冬从身后走了过来，抢先一步将钱递给柏骞。

柏骞漫不经心地将烟头扔进了垃圾桶，才接过钱。他手指修长，拿钱也好看，甩了甩，抬脚轻轻踢开客栈大门，嗓音淡淡，"进来。"

客栈是琅勃拉邦街边常见的两层法式小楼，面积不算大，装修看起来有些简单，但从风格到布置都有种特别的感觉。

温晚看了看四周，目光被柜台旁的黑板上用吸铁石贴着的一张照片吸引了。她微怔，有一瞬间的晃神。

虞可可一直在旁边小声抱怨，她向来最在乎面子，特别对方还是帅哥，刚刚柏骞让她吃了个大瘪，她的心情非常不好。

"什么嘛，收着五星的价格，给着农家乐的体验。"

温晚没理她，走近了两步，专心地看着照片，柏骞在给他们找房间钥匙，季冬被她烦得无可奈何才安抚了两句。

忽然一只粉红色的顽皮豹挡住了温晚的视线，她微抬眼眸，还看不到这人的脸，直到仰高了脑袋，男人小麦色坚毅的脸庞，才被全部看清。

温晚想，这人比目测的还要高大，衣服下的肌肉，看起来很结实。

“什么事，老板？”她轻问。

柏骞把钥匙轻轻扔过去：“上楼左手边第二间。”

温晚看了眼照片又看了眼他，接过钥匙，背着包上楼去了。

柏骞的目光从女孩背影上落下，看向那张旧照片，懒散的瞳孔里，有几分漆黑冷意。

照片上的男生穿着白大褂，笑得有些傻气，温晚认识他。

他叫边岩，是她在东大的学长，传奇般的学霸人物。

她将背包和外套都放在地上，季冬拍了拍她的门。

温晚打开门，抬眼看他。

“要吃点儿东西吗？”季冬快速收拾了一下，终于从落魄的形象回到了他该有的帅气。三天流窜逃亡的日子，连季冬都不免心生疲惫，而温晚却一直沉着脸，冷静到可怕，不害怕又不着急，是这女人太过胆大还是……

他收住关不上的思绪，低头看向温晚。

温晚摇了摇头，眉头微皱，表情有点儿嫌弃，“我到老挝后就没洗过澡，我现在就想洗个热水澡，然后睡一觉。”

季冬点头又看了温晚一眼，“……算了，你早点儿休息。”

他转身回自己房间。

温晚关门的时候，眼角余光看见柏骞坐在楼梯扶手上，长腿斜着地，手不离烟。

她盯着他的侧影，不知入了什么魔，一步一步走到他身边，轻咬下唇，动作却很大胆，踮起脚鼻子凑近他，轻轻闻了一下，低头瞥了眼他手里的烟盒，“抽的俄罗斯风情？”

柏骞没动，对她无声的靠近仿佛早就有所察觉，他侧头看着搭讪得这么直接大胆的女孩，火星明灭，荡漾在他漫不经心的瞳孔里，他看了眼温晚，目光又移开，“认识俄文？”

这是外烟，从俄罗斯本土直接寄到老挝来的，没有英文和中文的标识，市面上几乎见不到，要不是边岩也爱这个牌子的烟，她根本没机会认识。

温晚摇了摇头，手指碰了碰烟盒，语气稍微重了一些，“我只认识这个。”

柏骞拿烟的手停了一下，将烟头掐进旁边的空酒瓶里，没话了。

温晚明白这个男人没有再和她搭话的意思，但她眼睫一敛，更靠近了他一些，问出了最想问的话，“我和你以前是不是认识？”

她看到他睫毛顿了下，一直垂着的眼角有了点儿精神，抬头，五官毫无笑意，眼神却轻佻地眯了眯，紧接着温晚感觉腰间的细腰带被轻轻一拽，整个人向前倾倒，掉进迎面而来的男性气息里。她几乎贴到他的下颌，脸颊一痛，那下颚深刻硬朗，而她被他身上散发的这股明显与他懒散形象不相符的厚重男人味儿吓到，微闪眼眸。柏骞的声音又低又沉，落在她滚烫的脸上，“年轻妹妹，喜欢用这种方式搭讪男人？”

温晚有些发蒙，鼻息相容使她的脸难免有点儿红，几秒后镇定，抬头，漆黑晶亮的眼睛看着他。

柏骞眼神搁在她脸上两秒，手一撒准备甩开她。

温晚突然抓住他的衣袖，白静小巧的五官在昏黄色的灯光下突然耀眼起来，她目光里有种东西叫势在必得。

“我只用这种方法搭讪你。”

▹▸ 2

客栈前厅似乎很久没有开过窗子，有一股潮湿的味道，很淡，倒是烟味儿特别重。

温晚抬眼看着，前厅各个角落都有烟灰缸，里面横七竖八地躺着烟蒂。温晚皱眉，对他这种吸烟强度，有些担心。

“你昨晚在那里和客栈老板说什么呢？”吃饭的时候季冬皱着眉问她，他昨晚回房后还听见她和那人的声音，隔音不是很好，他们聊天的内容他几乎听了个全。

他们起来的时候已经下午两点，现在这饭吃的中不中晚不晚。

温晚没睡好，没什么精神，白着一张脸，小口小口地吃着米粉。

“没什么。”

季冬听到这话急了，“你注意点儿，开客栈的老板店里每天来来往往多少人，他长那样多少女人喜欢他，你别往上凑，他不适合你。”

“我喜欢他八年了。”温晚放下筷子，咬着吸管吸了一口奶茶，平静地说道。

季冬立马反驳：“胡扯，那他叫什么？”

温晚不说话了，她确实不知道他叫什么，只记得那年在日本，受难人群中，她浑身是血，迷茫无助，是他将她送到了医院。

季冬知道温晚这种看起来乖乖巧巧、文文静静的小姑娘就喜欢那种看起来有故事又神秘的男人，恨不得跟着他天涯海角才好。

他目光就直直地看着她，见她一脸平静毫不在意的模样，心里更不是滋味，突然伸手抓住她没拿筷子的左手。

季冬的神色慌张，眼里印着爱意，语气更热烈饱满了几分，“你知道我喜欢你的。”

温晚叹了一口气，将自己的手抽出，刚准备说什么，她对面就坐下一个人。

柏骞嘴里叼着烟没有点燃，发梢随便趴在鬓角，水滴顺着下颚流过喉结，再没入灰旧的黑T恤里，他两只手臂搭着桌沿，垂着头好一会儿，慢吞吞掏出打火机，点燃长吸了一口，才突然醒了过来似的，手臂一弯肌肉鼓出来，线条非常优美。温晚移开眼神时，一根烟在她和季冬之间划了一下，然后就听见柏骞没睡醒的声音：“你男朋友？”

温晚听他一副随便聊天的语气，咬着吸管没说话，季冬却肯定地回道：“是。”

她咬着吸管的牙齿没控制好力度，咬到了下唇的嫩肉，火辣辣地疼，便抬眸看着对面柏骞。

他好像没什么反应，目光有些轻佻地在她和季冬身上游荡。

虞可可打着哈欠从楼上走下来，看着他们都在吃饭，一下子委屈地噘着嘴，不满道："吃饭不叫我。"说完才后知后觉地发现大厅内不寻常的气氛，她睁大眼睛略微迷茫地看着温晚，"发生什么事了吗？"

温晚站起来，从座位离开，"过来吃吧，帮你打包买回来了。"说完便上了楼，坐在二楼的阳台上吹着潮湿的风。她的心底有些慌，自从再次遇见柏骞，向来平静的心像是被热水煮得又烫又软。

这次的意外相遇，她好像比自己想象中的还要迫不及待。

八年前东京大地震是她第一次遇到他，也是唯一一次。

有一次她在边岩的手机里看到过他的照片，她想询问的时候边岩总是温和地岔开话题，每个人都有不想触及的事情，温晚虽然很想知道，但也识趣地没再问。

她听别的学长说边岩有个很厉害的哥哥，她想或许那个男人就是边岩的哥哥吧。

虽然长得完全不同，却有种类似的气质，那叫物以类聚。

而她在客栈看到了边岩的照片，更进一步加深了她的判断。

只是阔别多年，也不知学长如今怎样，只听闻他也在金三角当医生。

都在金三角，总能遇到的。温晚想。

她从阳台离开的时候正好路过一个房间，房门虚掩着，她的目光透过那条不大的细缝看过去。屋内没开灯，窗帘半拉，光线很昏暗。

柏骞正站在床边，换衣服，他上身半裸，下身穿着一条普通牛仔裤，两条腿修长但壮实得惊人，裤子拉链半解，露出里面黑色内裤的边缘。

温晚立在原地，抿了抿浅粉的嘴唇，目光停在他腹间的八块肌肉上。

看着这么颓废懒散的人，身材却不同寻常的野性和坚韧，那些扎实的肌肉仿佛被他刻意隐藏，却又在不经意间泄露出线条。每一块的鼓劲都蕴藏着无穷的力量，蓬勃又让人脸红。

温晚目光一转，惊讶地看到他背脊上大大小小的疤痕，最长的一条横跨肩胛骨，邪佞又深沉地躺在小麦色肌肤上。

她微微吸了口气，身为医生，她的目光已经撕开了那些密密麻麻的疤痕，清楚地看到它们经过哪些残酷的伤害，绝不是一般的伤势能造成的。

她目光一紧，倏尔想起他虎口上的茧子，这个男人，到底是干什么的？

开客栈不可能开成这样吧？

正在她思考时，两道锐利的气息突然刺来。

柏骞猛地转过了身。

这种眼神温晚这辈子都忘不了，虽然只短短呈现了两秒。

那是下意识的凶狠，眼里布满森然，他像是从地狱中走出的恶狼。

温晚被骇住，反应过来的时候，他已经恢复成平日里的懒淡。

她的眼皮眨动得有些快，歉意地笑了笑，“你身上的伤挺多的。”

柏骞转回身，将衣服穿好，慢悠悠地从房间出来，但是毫无前兆，一瞬间，温晚已经被他抓进房间里。

惊叫声咽在喉咙，她有些不知所措，僵硬地站在原地，他靠得有些近，身上干净的味道都扑在她的鼻尖，明明看起来有些邋遢不羁的人，为什么会有这么干净的味道？

她下意识往后退了两步，就碰上了身后的房门，耳边听到一声锁合上的声音，一下子没了退路。

“看到多少？”他低着头，又靠近了一些，身上穿着刚刚换上白色的T恤，与屋内昏暗的光线融合，晕染成了一幅黑白相交的水墨。

温晚低着脑袋偏过头，又觉得自己这样输人输阵，便将身子站直抬眼看他。她身高刚一米六，只到柏骞肋骨的位置，距离太近，抬着眼连他的脸都看不到。

她回答：“没看到。”

柏骞嗤笑一声，双臂往她身侧一伸，弯腰与她视线平行，四目相接，他慢声吐字：“老实点儿。”

客栈内开着冷气，中央空调的出风口正巧在温晚头上，凉风下她不发一言。

她忽然伸手碰了下他背上的枪伤疤痕，隔着薄薄的T恤，她冰凉的手指感受到了他温热的肌肤。

手指尖在伤疤的边缘环绕，眉头微微皱着，表情像是坐在诊室里的医生，无比认真。

“伤疤的角度很刁钻，你受了不少苦吧。”

她的话音刚落，下巴就被他手指捏起，他的脸上没有表情，语气也轻，“小姑娘，我跟你不熟，想睡找你男朋友。这里乱，男人不要随便撩，一不小心横尸荒野。”

他这是因忌讳而故意挑开话题，温晚听明白了，浅笑了一下，抬头看着他的脸，“我不是小姑娘，也不怕吓唬，这条命，你真要拿走也行。”

反正八年前，是你救的啊。

两人就这么对视着，谁都不说话，只听见冷气的呼呼声。

她那只手还抓在他腰间，掌心越来越潮。柏骞突然低头嗤笑一声，温晚脑子里还没分析出他笑的原因，那只变得湿漉温热的手已经被他控住，他带着她的手穿过衣服直接和他腹部肌肤亲密接触，然后手越来越往下，碰到了粗硬牛仔裤的边缘，碰到了内裤的边缘……

温晚的手猛地一缩，脸红了起来，心跳加速，低着头却又无处可逃。

柏骞一脸如常，低头略了眼她的胸口，嗓音低沉轻佻，“明明就是小姑娘，还挺害羞？”

温晚的脸露出不自然的绯红，用力抿着唇，“……不是。”

她低着头看着被他握在掌心的手，忽然想起八年前自己的手也是这么被他用力地握在手里。

也是这么炽热，充满生命。

楼下突然进来了一个男人，皮肤黝黑个子很高，看起来很壮，一进来就大声嚷嚷，“老板快出来。”他熟门熟路地逛了一圈，才后知后觉地看见大厅里坐着人，惊讶道：“这黑店还能有人？”

季冬和虞可可脸上的笑有些尴尬。

屋子隔音差，男人的声音透过门墙传了过来。

柏骞眉头微挑，松开她，打开门走到外面往下看了一下，目光相交的时候眼里有了些不大明显的笑意，脸上还是没什么表情，但拖着步子慢悠悠地晃下楼。

他摸出一根烟叼在嘴里，将烟盒扔给革海，革海接过，看到柏骞身后的刚从他房里出来的温晚，嘴角一勾尽是调侃。

“我出去几天就有新欢了？洛灵呢？”

柏骞咬着烟侧身看了眼温晚，眉眼间还带着刚才的旖旎缱绻，目光向下随即迅速瞥开，声音含糊却不妨害听，“太小。”

温晚站在他身后，被这么一看手脚不知道怎么放，革海的目光跟着他往下移，点头赞同。

“……”她抿了抿唇，让自己冷静下来，快步走下楼，坐在虞可可身边灌了口水，虞可可看着她又快速看了柏骞一眼，眸光一闪，脸上的笑意加深了几分，“阿晚，你的脸怎么这么红啊？”

温晚又倒了杯水，含糊不清地回道：“热的。”

她的心跳还没恢复过来，脑子又琢磨着洛灵到底的谁，没在意屋内几个人的神态各异。

现在虽不是淡季，但五星级价格的客栈客人依旧稀少。

虞可可不一会儿就和革海混熟了，她眨巴着眼睛问：“革海哥哥，那个他真是客栈老板啊？”

革海抽着烟，看了她一眼，“怎么？不像啊？”

虞可可点点头，看着靠在沙发上闭着眼睡觉的柏骞，他好像一直很困，不是抽烟就是睡觉，“不像。哪有客栈老板是这样的，一身神秘，软硬不吃。”

“那你觉得像什么？”

虞可可看了看周围，做了个聚拢的手势，他们几个人的头靠近了一些，她才小声道：“我觉得像头目，金三角这边的大头目。”

革海被烟呛了个正着，咳了几声才缓过来，温晚不着痕迹地将水杯放在他面前。

他笑骂道：“你他妈倒是有想法，那你说我像什么？“

虞可可眯着眼，笑得可爱，“你像是大头目身边马首是瞻的大马仔。”

▹▸ 3

从早晨就开始下的雨，终于停了下来，天空依旧阴得可怕。

虞可可非要闹着出去转转，说好不容易来一趟，不出去逛逛简直对不起自己。

“你还是在客栈休息比较好。”季冬下意识地反对，“不然明天又睡过早餐。”

“这能怪我吗？”虞可可不爽地反驳，“还不是有些人聊天聊到大半夜，叽叽咕咕的……”

“想出去也成，正好我有车，五座的。”一听气氛不对，革海立即打圆场，“这边还是有不错的景点的。”

虞可可眼睛一亮，双手撑着下巴眨巴眨巴地看着季冬。

季冬还想拒绝，回头看了看温晚，却见她没有反对，便改了口，“行，一起去吧。”

虞可可将这一切尽收眼底，本不想说什么，结果鬼使神差地瞥见了一旁坐着不动的柏骞：“帅哥，要不你……”

“不去。”柏骞冷冷地回绝，然后闭目养神。

虞可可的表情一下子就垮了下来，眼神楚楚可怜又带着期盼，仿佛随时会落下泪来。

革海最受不了女生这样了，立马走过去将看似睡得安稳的柏骞拽了起来。

柏骞有些不耐烦：“想怎样？”

“走走走，别他妈每天睡。”说着就把柏骞推进车里。

柏骞无奈地看了他一眼，革海哈哈一笑，扯过他：“你不是和那小姑娘有一腿吗，我是在给你创造机会。”

柏骞推开他，直接带上车门，懒得看他。

“滚去开车。”

虞可可坐在后座，似笑非笑，也不知听到了多少。

琅勃拉邦的城区很小，刚下过雨的街道到处都有遗留的积水，车窗没关，空气里的湿气夹杂腥味儿。

温晚坐在柏骞后面，一直看着他的后脑勺。他的手撑在车窗上，眼睛不时地扫过后视镜，后面一辆黑色的车从客栈出来，一直跟着到了王宫博物馆。

革海看着他从车里下来，问：“不进去？”

柏骞摇摇头，靠着车一副没睡醒的样子，革海扔给他一包烟，他接过撕开包装，拍了两下，咬出一根。

温晚从他身边走过，多看了他一眼，抿着唇想问进不进去，就被季冬他们拉走了。

革海看着她恋恋不舍的样子笑出声，瞥了柏骞一眼，骂道：“你就是个祸害。”

他没接话，咬着烟，目光不时地扫过后面那辆黑色的车。

“你昨天来的时候，那辆车在吗？”

革海看过去，目光微闪，脸色没了刚刚的轻松，“没注意，冲你来的？”他目光不着痕迹地观察车内的人，那是辆黑色面包车，七座的，不排除超载的嫌疑。

柏骞慢吞吞地吸了口烟，神态懒散，“不是。”

“那是冲着刚刚那三个人的？他们不是医疗队的吗？能惹上这种人？”革海下午的时候就把他们三个的来历套了个清楚，东大医学生，毕业后抱着一腔热血来金三角做无国界医生。

年轻就是好，不怕死。

不一会儿，虞可可突然气冲冲地从里面走了出来，一路小跑到柏骞面前。她还在盛怒，眼睛瞪得滚圆，说话连语气都压不住，“你们男人是不是都喜欢温晚那种看起来很美好的婊子啊！”

革海一愣，连忙向里面看了一眼，发现温晚和季冬正站在一起说话，听见动静往门口走来。

柏骞咬着烟，没看她，虞可可又靠近了一些，上前就要抓住他的手，却他被早已发觉让开了。

她怒气更甚，眼泪盈在眼眶里就要掉下来，季冬是她先看上，凭什么让温晚勾了心。这个英俊神秘的客栈老板，第一眼就让她惊艳，却对她视若无睹。凭什么，凭什么所有男人都围在温晚身边，她比温晚差什么！

柏骞抽着烟，冷淡地看了她一眼，“我只喜欢长得好看的女人。”

声音不大，语气正经又慵懒，很让人讨厌。

虞可可一直以来没在男人身上吃过大亏，她长得虽不是绝色，但胜在可爱，学历和家世更不错，追她的人不在少数。

而眼前的男人居然说她长得不好看，简直是奇耻大辱。

她的眼泪一下子就掉了下来，像是受尽了委屈，转身跑开了。

革海见此叹了口气，“你真是……”

说着就去追她。

温晚刚走出来就见两个人跑了过去，虞可可看她的目光简直像看仇人一般。她一愣，立马看向柏骞。

他与嘈杂的游客群完全隔绝，一个人长腿斜地，散散地靠着车，手不离烟，脸上没有表情，困得要死的样子。看见温晚的时候，他眼角有了点儿精神，嘴角随意扯了个笑，带着嘲弄的意味儿。

“你对她说什么了？”温晚问。

柏骞低头看向她，她素着一张脸认认真真地看着他。他被烟雾呛得半眯着眼，见她一副姐妹情深的样子，嗤笑一声，刚准备说什么，余光看到身后的黑色车里的人走了出来，目光微闪，立刻扯过温晚将她塞进了车里。

温晚一愣，还没反应过来，他已经坐到了驾驶位，发动了车。

车子刚开就听到季冬在后面叫：“你们要去哪里啊？”

温晚也很想问他到底要干什么啊。

车子的速度越来越快，他面无表情地直视前方，温晚紧紧抿着唇，车上的仪表盘指针越来越向疯狂的状态偏去。她心里沉了沉，突然想到什么，从后视镜里看到了后面的车，一下子明白过来。

“那辆车一直跟着我们？”

柏骞冷哼一声：“你还不算太蠢。”

温晚被堵得不知如何回他，目光又看了看后视镜，回想到前几天在会晒遇到的武装驱赶，会不会还是那群人，如果是，那群人为什么一直追着他们不放，一个普通的国际医疗队居然让他们从会晒追到了琅勃拉邦，她猛地想到季冬和虞可可。

“我们把车开走了，他们怎么办？”

“死不了。”柏骞立刻转头看了她一眼，目光极具压迫感，“你现在应该想想你到底得罪了谁。”

言下之意这群人的目标在她身上，她努力让自己冷静下来，如果这群人和在会晒的那群人是同伙，那医疗队遇到武装驱赶，就是因为她。

如果是因为她，就和家里脱不了关系，她不敢再细想。

温晚的神情明显开始慌乱，她下意识抠着掌心，半晌才控制好自己的情绪。

“不好意思……连累你了。”

柏骞没看她，快速将车子转了个弯，然后动作连贯地下了车，打开她的车门，将她从车上拽下来，沿着一条隐秘的山路往山上走去。

小路两边草木茂盛，温晚穿着长裙不时地被钩到，没想到会在琅勃拉邦继续被追赶，她出门只带了手机和钱包，连鞋子都是拖鞋。已经走了半个多小时，前面还是一片灌木丛，空气潮湿，乌云低压随时都会来一场暴雨，不知何时才能脱离险境。

温晚低头看了眼自己的脚，脚上一片污泥，没了之前的白嫩。她弯下腰，将长裙打了个结，固定在膝盖以上的位置，一抬头就发现柏骞停下脚步，站在她前面，看着她。

柏骞面无表情，目光微沉，身后墨绿的绿植平白无故给他多了几分深刻的神秘。

温晚以为是自己拖了后腿，连忙跟上他，没想到刚走两步，就被他拉住了手腕。她下意识抬头看他，柏骞眼神里有着逼人的压迫感，气息都带着让人喘不过气来的功力，温晚吞了下口水艰难地问：“怎么了？”

他一言不发，皱着眉，将她拉到怀里，像抱孩子一样，将她抱了起来，快步向前走。

温晚惊呼出声，全身紧绷，双手紧紧搂住他的脖子。她的心脏跳个不停，感觉心率过快呼吸更加困难，她想拼命想些什么让自己平静下来，可耳侧就是他火热的呼吸，隔着薄薄的衣服就是他正在活动的肌肉。

温晚将手搂得更紧了几分，她将自己的下巴小心翼翼地放在他肩膀上，天气闷热，他出了不少汗，她鼻尖凑近他脖间的肌肤，出于内心的驱使，她伸出舌尖轻轻舔了下他肌肤上的汗珠，舌尖刚刚碰到，后脑就被他的大掌紧紧地箍住，整张脸都被埋在了他的颈窝，鼻息间全是他的味道。

性感中带着致命的危险。

“老实点，别动。”他声音低哑，充满警告。

天色已经渐渐昏暗，这里到处都是树和植物，根本看不清哪里会有人。

她搂着他，刚刚从心底生出的漫无边际的害怕已经被这个男人啃噬得一干二净。

她回忆起八年前，受难人群中，他有力的臂膀抱着她穿过街道和人群。鼻尖满是酸痛感，她才意识到眼泪不知何时已经掉了下来。

“你……真的不记得我了吗？”她小声地问。

耳边各种虫子和风刮过树叶的声音并不安静，她知道他听见了，却一直抱着她走着，脚下步伐平稳，没说话。

湿掉的裙摆贴在腿边，黏腻的有些难受。

温晚吸了吸鼻子，嘴角小弧度地笑了笑。

也是，他救过的人，怎么可能就她一个。他怎么可能记得随手的善意，只有她才会永远存在心中，时不时拿出来偷偷回忆，不敢忘记。

▹▸ 4

不知走了多久，温晚听到很大的水流声，转头看去，才发现他们已经到了半山腰的瀑布处，不少人在里面游泳。

柏骞将她放在瀑布边的石头上，弯腰抬起她的脚，检查她的伤势。

温晚突然而来的羞赧，下意识地缩了下脚，他抬头没有表情地看她一眼，五官生得很好看，再凶也不吓人，可手上的动作却非常用力，按了按几处关键的地方，随后不冷不淡地吐出两个字，“没事。”

说完他起身往后走，像是在找树枝来帮她固定。温晚撑着下巴，看着他的背影，男人白色的T恤早已湿透贴在身上，野性坚韧的身材在空气中毕露，举手投足间散发着惊人的男性气息。她浅浅地笑了笑，心口有些发甜，他比她这个医生似乎还擅长野外急救。她低头看了看自己脚上的伤，只是被划破的皮外伤，伤口不深，仅仅看着吓人。

她正慢慢地整理着，这两天观察到他的信息，想揣摩出他的身份。一抬头就看见他快步走过来，眉头微蹙，硬朗的五官全部绷着。

温晚心里一慌，知道他这副表情一定是发生了糟糕的情况，隐隐约约看到他身后有一群人靠近，刚想问发生什么事了，就被他猛地一推，毫无防备地掉进了瀑布里。

不会游泳的呼声还咽在喉咙里，她拼命地挣扎，耳边只能听见湍急的水流，恐怖被放大，她努力回忆着所有在水里保命的方法，可全部于事无补。

身体不断地下沉，胸腔已经开始发疼，所剩的氧气已经不多，四肢酸软，再过不了多久她就会丧命。

忽然一只手抓住了她，温晚像是遇到了救命的浮木，顺着那只手努力地抱住他。

熟悉的触感，她用力睁开眼睛，酸软的眼睑告知着不适，终于模糊地看清是柏骞的脸 ，在她只剩下最后一口气的时候，不管不顾地吻住了他，掠夺着他的气息。

冰冷的唇相互贴着，牙齿因为太过用力还隐隐作痛，她抱着柏骞想如果就这样死了，好像也不太可惜。

下一秒，唇上一痛，他火热的唇舌钻进了她的嘴里，如他这个人一般强势，她的脑子更加迷乱了，眼前像是有虚像晃过，他漆黑明亮的眼睛，坚挺的鼻子，刚毅的面庞，还有那个不太笑的嘴巴，正微微翘着。

外面似乎又下起了雨，雨水密集地打着水面，风更大了，树叶被刮得乱响。

老挝今年的雨季似乎比往年来得早了些。

温晚再有意识的时候，已经在岸上，她躺在地上，柏骞正双手按着她胸腔的位置。

“咳咳……”

“醒了？”柏骞皱眉，拿开手，“小姑娘，这里危险，趁早回家好。”

温晚又咳了几声，点点头又摇了摇头。见他要起身，她的手迅速抓过他衣角，眼里的恐惧还没有消失，紧抿着唇，眼睛通红地看着他。

诡异的天空阴沉得可怕，雨势很大。

他湿得厉害，头发贴在额头上，白色的T恤透明。

柏骞低着头，脸色不是太好，眼前的女孩全身湿漉漉的，因为空气湿冷不自觉地颤抖，她脸色煞白，冰冷的雨水打在她的脸上，她却倔强地攥着他的衣角不肯放手。

刚刚她在水里害怕的样子还在眼前，刚上岸就换成这副模样，他又面无表情地看了她一眼，手上的动作缓和了几分，将她拽到自己怀里，抱起来寻找避雨的地方。

今晚看来要在山上过夜了，不找个避雨的地方，她目前的状态，不死也残。

温晚不知他在想什么，只用仅剩的力气，抓着他，头轻轻靠在他的臂膀里，耳边是他充满生命力的心跳。

“……谢谢。八年前欠你的谢谢，今天终于有机会说了出来。

“谢谢你又救了我一次。”

她的声音很轻，夹着水汽，仿佛随时都能溺死在这场大雨里。

可她不怕，因为有他在。

就是有这种矛盾的人，危险和安全并存。

山上的客栈不多，条件更为简陋。柏骞拿着仅剩的一间房卡，打开了房门。

典型的东南亚建筑，里面只有一张大床，他们全身湿透，屋内的空调还吹着冷气。温晚双手抱紧打了个寒战，柏骞快步上前将空调改成热风。

他低头看过来，神态随意，“去洗澡。”

她还没来得及说什么，就见他已经走出了房间。

温晚走进浴室看了看，虽然简陋，但该有的都有，她迅速将自己湿透的衣服脱下来，看着镜子里的自己，忽然发现腰间有两道青紫的指痕，她用手指碰了碰，仿佛还剩着滚烫的触感，这应该是在瀑布里的时候他抱着自己太过用力导致的。

她知道柏骞将她推下瀑布是权宜之计，他身后的那群人目前还不知道她具体在哪里。

只是她天生怕水，刚刚那一幕，怕是永生难忘。她用手指碰了碰唇，河水太凉，隔绝了他的温度。

家里到底发生了什么，让他们这么想抓她。

热水让她冰冷的身体逐渐回温，水蒸气让整个浴室变得模糊起来，她恍惚地想着，一定不能给柏骞找麻烦。

柏骞的手机进水开不了，他正站在前台，用着前台的电话。

“你们现在都在普西山？”革海已经和季冬、虞可可回到了客栈。

柏骞“嗯”了一声，“有人跟着你们没？”

“没。”革海看了季冬和虞可可一眼，声音小了几分，“你确定不是冲着你来的？”

“不是。”他脑子里飘过追在后面的几个身影，有个面孔和脑海里某个熟悉的影像重合。柏骞眼睛一眯，眼眸里又蔓延出几分冰冷。

“那是冲着那个叫温晚的小姑娘，小姑娘不像是会招惹到老挝当地的团伙啊。”

柏骞在想别的事情，没接他的话茬儿，“明早回去。”

便挂了电话。

革海眼神复杂地看着季冬和虞可可。

“阿晚没事吧？”虞可可以为是自己做错了，局促不安地看着他。

革海摇摇头，“没事，她和柏骞在一起。”

季冬脸色白了，意味深长地看了革海一眼，“柏骞？”

革海看过去，嗤笑出声：“怎么？”

虞可可连忙拉了下季冬，嘴角大幅度弯了下，“没事，阿晚没事就好。”

柏骞回房间的时候，温晚正好从浴室里出来，她手里拿着湿掉的衣服，另一只手拽着身上的浴巾，看到他的时候有一瞬间的微怔，脸色潮红，不知是被水汽蒸的还是因为害羞。

她眼眸转动地快速，连忙说：“快去洗澡，别感冒了。”

柏骞在她要错身而过的时候拽住她的手腕，温晚错愕地看着他，口齿不清地问道：“怎……怎么了？”

他低头一晃，目光停留在她的脸上，“衣服放在空调下面吹。”

温晚听话地点点头，看着他走进浴室，又看了眼空调，脸更红了。

他看起来不像是家居的人啊，居然关心衣服怎么干。

温晚突然转头看了眼身后的床，上面只有孤零零的一床被子，又低头看了眼自己……

没有衣服，一床被子，两个人……

她艰难地吞了下口水，努力将自己脑子里旖旎的思想抛走，将衣服放好，转身就看见放在床上的药。

常见的消毒水和纱布，他刚刚出去，难道是专门去要了这个?

温晚笑了，拿着棉签蘸着消毒水，刚碰到伤口就钻心地疼。她咬着唇，脑子里在思考不涂药的危害，还没想出来，柏骞就推开浴室的门，走了出来。

温晚惊讶地转头看过去，他上半身裸着，下身围着另外一条浴巾，头发湿漉的，身上都是水珠。他见药还没上好，眉头皱着，大步走了过来，从她手里拿过来，下手果断。

温晚眼睛瞪大，咬着下唇没让自己叫出声来。

他头上的水珠滴在她的鼻子上，温晚下意识抬头看他，他也低头看着她，目光淡淡，脸色如常，“疼？”

温晚点点头。

柏骞换了一处伤口，手指经过脚心，他的手指很热，带着热水的潮气，她脚心很凉，控制不住地微微发痒。

他脸色不变，头又低了几分，水珠落在床上，消失在被子里。

空气中都是劣质洗发水的味道，香得过分，给这小小的空间平添了几分暧昧。

“医生还这么怕疼？”他声音低沉，语速比往常慢了一些。

温晚“嗯”了一声，“医生也怕疼。”

她仰着头认认真真地看着他，目光直白，像是热爱，又像是感谢，好像对待失而复得的宝贝。

她继续补充，“很怕。”

柏骞嗤笑一声，“娇气。”

话虽如此，他手下的动作却轻柔了几分，温晚又偷偷笑了，思维跟着暖气和香气一起变慢，意识越来越模糊。

惊心动魄的一天在柔软的床的陪伴下落下了帷幕，她那只攥着浴巾的手还在胸口，温热的掌心，感受着左心房的心有余悸。

喜欢你，大概就是这种感觉。

心有余悸又甘之如饴。

柏骞用纱布将她的脚包扎好，再看她已经侧卧在床上睡着了。

他坐在身后的椅子上，低头看了她一会儿，像是在思索什么，然后才将她抱到被子里面。

自己在椅子上坐了一夜。

▹▸ 5

“你是说在会晒武装驱赶我们的那群人是冲着温晚来的？”虞可可睁大眼睛不敢相信地看着季冬。

他们俩在房间内，这房子隔音不好，季冬迅速捂住她的嘴，“小点儿声。”

虞可可将他的手从嘴上扒开，脸上还是不敢置信的表情，“你是说真的？”

季冬表情复杂，回想了会晒的情形，又想了想昨天在王宫博物馆的情况。

“我还没确定。”

虞可可拽住他的手，眼睛直直地看着他，“如果真是冲着温晚来的，你打算怎么办？”

季冬看着虞可可可爱的脸，他确实喜欢温晚，但还没喜欢到送命的地步。

“你真的不打算和她说吗？明明我们已经……已经在一起了，温晚明显喜欢那个客栈老板啊，你干吗还厚着脸贴在她后面。”她说话的语气酸酸的，这几天受的委屈和火气正没处发泄，现在一定要把让季冬对温晚断了念想。

她从实习开始就喜欢上季冬了，他家世好，长得好，性格也不错，她见到过的人，他是最优秀的，无论如何都不能放过。

季冬没说话，目光一直低垂着不知道在看什么，虞可可有些急，还想再说两句，就听见楼下有了声响。

革海双手抱胸，目光在柏骞和温晚身上流转，“孤男寡女，一夜春宵？”

柏骞眼都没抬直接往楼上走去，温晚有些尴尬地冲着他笑了笑。

“其他人呢？”

革海指了指楼上，眉毛半挑，语气故弄玄虚道：“小姑娘多长点儿心眼。”

温晚微愣，随后认真地点了点头，她知道革海说这话意思是为她好，衷心地说了声“谢谢”。

柏骞直接进了自己房间，她看着他关上门，没再跟上去。

季冬打开房间的门，他和虞可可从里面走过来，看了温晚一眼，脸上的笑容有些生硬，关心的语气也大过关心本身。

“没发生什么事吧。”说着目光下移看见她脚下的伤，他语气里多了几分真切，“受伤了？”

他弯下腰想要查看伤势，温晚往后退了一步，脸上浅浅地笑着，笑意没达到眼底，“没事，皮外伤，你们呢？”

虞可可古怪地看了她一眼，妒忌大过埋怨，“也不知道因为谁我们才这样的。”

温晚抿了抿唇，没说话，缓缓转过身，打开自己的房间门。

关门的瞬间听到虞可可的声音。

“你说她昨晚就和那个帅哥老板共度一夜啊，才认识几天，就这么迫不及待。”

季冬的目光正好和门缝里温晚的眼眸撞上，连忙阻止虞可可，“别说了。”

“怎么能做还不能说了？”

空气终于安静了下来。

柏骞从房间里出来的时候，只剩革海一个单身汉坐在一楼大厅。

“人呢？”柏骞揉了揉头发，人很困，声音更困。

“温晚在房间里，其他两个浪去了吧。”革海将酒递给他。

柏骞接过，在他身旁坐下，随意地灌了口酒，辛辣的酒气冲进喉咙，才清醒了一点儿。

革海凑在他身边，点了根烟，给他分析这黑店来之不易的三个旅客的性格。

“他们三个真是每个人都打着自己的算盘。那个男的想得到温晚，又怕死还不肯放掉虞可可，真他妈不是东西。那个一直闹腾的虞可可，看上去活泼可爱，心思倒是不少，全部都扑在男女这点儿事上了，人也不算坏。最让我看不透的是那个温晚，小姑娘话不多，一直安安静静在一边待着，倒是一直贴着你。”

他瞥了眼拿着酒瓶的柏骞，看了下他这张脸，来了点儿气，语气破酸，“这张脸到底祸害了多少小姑娘。”

柏骞勾了下唇，侧着身子看了他一眼，没说话，修长的手指拿起酒瓶又喝了一大口。

革海撞了撞他的肩膀，“说说呢，那一夜干什么了，真当柳下惠去了？”他见柏骞还不说话，又撞了他一下，后来索性将他手里的酒拿了过来。

柏骞转了个身，眸子漫不经心地瞥了他一眼，从身上摸出烟，咬在嘴里，好半晌才搭理他，声音低沉含糊，“睡觉。”

突然他站起来，往楼上走，革海看着他莫名其妙，“你干吗去。”

“睡觉。”

“你他妈不才醒吗？”

“困。”

他几乎一夜没睡，脑子里乱七八糟的东西在飞。

边岩。

季冬。

他突然嗤笑出声，将烟猛吸了一口，又慢吞吞地吐出白烟。

他半眯着眼，看着散去的白烟。

“真他妈厉害。”

声音很轻，就他自己听见了。

温晚不知什么时候从房间里出来的，拿着手机站在阳台上，转过身，正好和他对上。她将手机攥紧了几分，脸上还是浅浅的笑意。

柏骞不经意地瞥向她，刚准备侧身而过，温晚叫住了他。

“昨天谢谢你。”

柏骞低头看了她一眼，她仰着头定定地看着他，眼睛比往日亮了一些。

他随意地点了下脑袋，转过身，继续往房间走去。

“我脚上的伤还没好，你要不要帮我上药。”温晚突然叫住了他。

柏骞停下来脚步，目光转了过来淡淡地看着她没说话。

两人的沉默显得别有意味。

温晚抿了抿唇，眼珠转动的频率都慢了下来，过了一会儿，她的声音更轻，“你要不要……”

头顶忽然传来一声笑，他淡淡地应了一声，她低着的头又抬起来看他，他漆黑的眼眸似乎早已将她看透。

温晚的脸有些烫，跟着他身后第二次走进了他的房间。

温晚带的衣服不多，来了后几乎都在下雨，只剩了一件吊带裙，很薄，雪纺的材质。

她坐在沙发上，看他找出医药箱。他穿着普通的黑色短袖，下身是破旧的黑色裤子，逆着光格外好看。

外面夕阳已经西下，最后一缕余晖，正透过玻璃跑了进来。

橘色的光照在温晚的身上，白色的浅薄雪纺裙，几乎透明。

她看着他，眼神纯净，言辞却透着大胆："你经常让女人进你的房间？"

他高高在上地看着她，突然弯下腰，带着老茧的指腹摩擦着她细嫩的脸，他半眯着眼，眼里没有一丝笑意，呼吸滚烫还夹着烟草的气息，"你总不穿衣服勾引男人？"

她红着脸否认："穿了。"

柏骞低头目光略过她薄如蝉翼的裙子，低声嗤笑道："哦？年轻妹妹就是开放。"

温晚连忙低下头，拉了拉裙子，往下一拉上面就暴露了更多，她的脸更红了，眼睛直直地看着他，眼底一片无辜。

"我是来上药的……"

柏骞的眼神在她脸上停留了两秒，手松开她的脸，将旁边的医药箱打开，另一只手拿起她的脚看了看。

确实娇气，这点皮外伤不仅没好，还有恶化的趋势。

他抬头别有意味地看了她一眼。

温晚小心地咬着下唇，心脏不正常地跳动着，供氧不足。接触他眼神的时候，她将自己的头放得更低了几分，她那些小动作果然瞒不过他的眼睛。

“……最近天气潮，不好养伤口。”她小声解释。

他没接话，手法熟练地重新包扎了一下，“没有下次。”

温晚眨了眨眼睛，心里却盘算着怎么设计下一次。

“……谢谢你啊。”

晚饭的时候虞可可和季冬正好回来，带了不少街边小吃，革海捧着锅说这是他的拿手绝学。

他们三个在东京生活七年，刚毕业又跑来老挝，很少有机会吃到正宗的中国菜，不一会儿桌上就被一扫而尽。

虞可可喝多了，一直拉着革海哭诉，“你说为什么喜欢的人不喜欢我……”

革海头大了，看了看周围，只剩下柏骞了，只能自己耐着性子哄。

温晚走上楼的时候，意外发现季冬拿着手机站在阳台上打电话。

她静静地站在那里听着，没说话，直到他把电话挂了才问道：“联系上大部队了？”

季冬点头，看了眼她身后，“虞可可呢？”

“和革海聊天呢，那边怎么说？”

“我们明天下午去万象，老挝方面负责人说是误会，同意让我们继续入驻。”

季冬看温晚的眼神有点儿复杂，又有些欲言又止的样子。刚刚电话那头，虽然什么都没说，但特别问了是不是和温晚在一起，再综合前两天的情况，他更加笃定自己的猜测。

他和温晚同学七年，她什么情况他心里还是有底的，难道是因为温家在这边的生意出了什么问题，那伙人知道温晚在医疗队，故意给温家警告？

温晚不知道季冬弯弯绕绕的心思，点了下头。

他突然往前走了两步，手臂一伸将温晚抱进怀里。

“你打算什么时候接受我。”季冬闭着眼，紧紧将她抱住，就算知道她家世复杂，面临危险，他还是控制不住自己的喜欢。

温晚推不开他，冷声道：“放开。”

季冬怎么可能放开她，禁锢着她的臂膀更用力了几分，“那人有什么好的，他不适合你，真的。”

“你就适合我了吗？季冬你自己心里知道。”她声音不大，短短两句就把季冬内心的阴暗全部表达出来。

季冬无力地松开她，眼里都是愧疚，“我不是……我没有那么想……我只是出于身体本能的自我保护。”

温晚脸色如常，只是笑了笑，从他怀里退了出来，一转身就对上柏骞偏冷的眸子。

他一身黑衣，斜靠在墙上，双手环胸，灯光半掩，将他坚毅偏深的轮廓衬得生出了几分冷意，全身散发着生人勿进的气息。

温晚心跳突然变快，不知他什么时候就站在那里，下意识张嘴刚准备说些什么，就被他打断。

“我……”

“别说话。”

柏骞皱眉，错身从她身边经过。

▹▸ 6

凌晨五点，天色昏暗，墨色的天空只透着几分光亮，空气潮湿又腥冷，压得人喘不过气来。

温晚一夜未眠，满脑子都是昨晚柏骞从她身边错身而过的画面，她将画面拆分，仔细研究他的表情。想了一夜也没想出那些表情的含义。她拿着手机翻来覆去查了不少资料，正巧新闻推送了一条琅勃拉邦布施的图片，反正也睡不着，不如去看看著名的布施。

她穿好衣服刚打开房门，就看见柏骞还穿着昨晚的衣服站在公共的观赏台抽烟，男人身高傲人，逆着光随意站都赏心悦目。他叼着烟，见她出来侧目很浅地看了她一眼。

“你找男人的眼光真差劲。”

他这话没头没尾，温晚却听得眉头一跳，下意识看向季冬的房间。

果然不一会儿，季冬的房门悄悄打开，虞可可裹着睡衣蹑手蹑脚地走了出来，看见他们俩大吃了一惊，没想到有人凌晨五点就起来了。

对上温晚目光的时候她有点儿心虚，又觉得自己没什么错，说话的声音不自觉大了点儿，“看什么看，我喜欢他怎么了！”

喜欢就能这么理直气壮。

温晚的表情没变，只是很浅地笑了笑，轻声问：“你要去看布施吗？”

本以为的怒气没有发生，虞可可的脸更红了，瞪了温晚一眼，跑进了自己房间。

气氛有点儿尴尬，温晚抬眼看着柏骞，“你要去看吗？”

柏骞有些莫名，看了她一眼，点了点头，诡异地答应了。

外面的天刚蒙蒙亮，空气夹着湿意，有些凉。温晚特意拿了件薄外套穿着，侧目看着柏骞，他还穿着那件黑T恤。风一刮，她觉得全身都透着凉意，也不知道他冷不冷。

温晚走路分着心，用余光认真地盯着他露在外面的皮肤发呆，见他臂膀上的毛孔立了起来。

柏骞低头垂着眼角看下来，嘴里咬着烟，“看什么呢？”

“你不冷吗？”她小声问，又抬眼看着他咬在嘴里的烟，“你是不是睡不着？”

那天深夜两点半梦半醒地扔垃圾，今天早晨五点在观赏台抽烟，他手不离烟又总是很困，不是缺觉是根本睡不着。

柏骞把打火机拿在手里上下扔着玩，没在意她在说什么，忽然想到什么，神色突然沉下来，“你和那人是不是open relationship（开放式关系）？”

“啊？”温晚一时没明白，随后抿了下唇摇头否认，“我和他不是那种关系。”

他低头嗤笑，将打火机打开，火苗将烟点上，眉眼之间被火光照得更显不屑，“真瞎了，看上了你。”

温晚愣了下，立刻拉住了他的手，她脸上终于有了明显的情绪，语气也焦急了几分，“你是不是认出我了？”

柏骞甩开她的手，神色比刚刚还冷，目光带着审视，就是不说话。

他们俩站着的马路对面就有布施者跪坐在那里，穿着橘色衣服的僧侣赤足排着队鱼贯而行，信徒依次把糯米饭放进他们的钵盆，整个过程非常安静，没有人说话，虔诚得让人肃然起敬。

而他们俩之间的气氛却剑拔弩张。

温晚有些急，她心里矛盾，觉得柏骞可能认出了她，又觉得不是认出而是对她产生了误会。一时间，她不知从何说起。

“你……是不是边岩的……”

柏骞眉头一皱，目光偏冷，不耐烦地打断她：“闭嘴。”

说完他豁然转身就往回走，他个高腿长走得快，没一会儿就拉开了距离。

温晚急着想要追上去，手机在这时忽然震了起来，她看到屏幕上显示的名字，停下了脚步。

“……哥？”她的声音有点儿小，心里感觉很不好。

“机票替你订了，马上回来。”

“我……”

“自己回来，还是被绑回来，你选一个。”那边的声音不容置疑。

温晚撇了撇嘴，整个人像泄了气的皮球，用脚踢了下路边的石子，不情不愿。

“我自己回去。”

温晚回到客栈发现客栈大门开着，她隐隐觉得不对劲儿，走进客栈，里面桌椅已经全部翻了，像是刚刚经历过一场恶劣的打砸事件。

她抿了抿唇，直觉意识到事情不妙，还没找到柏骞，就被虞可可猛推了一把，她没防备，直接倒在了地上。

季冬拉过虞可可，不让她冲动。虞可可不买账，狠狠地瞪着温晚。

“你一大早就出去，是知道有人要来吧，你是想我和季冬死吗？我真是小看你了。”

“虞可可！”季冬声音严厉起来，目光深沉地看着她。

虞可可撇了撇嘴，眉眼间都是委屈，“她差点儿害死我们……你还护着她？”她眼圈红得要命，眼泪像不要钱一样拼命往下掉，没一会儿就抽噎起来，“我……我真的好怕……”

季冬眼神复杂地看了眼温晚，将虞可可搂到怀里，安抚地拍了拍她的后背。

革海将温晚扶起来，“没受伤吧？”

温晚摇摇头，紧紧绷着一张小脸，本来就过白的皮肤，现在更是一点儿血色都没有。她的目光继续寻找柏骞，发现根本没有他的踪影。

革海看出她的意向，往楼上指了指，“在阳台。”

温晚感激地看了他一眼，往楼上走去，外面又开始下雨，阳台的窗户没关，小雨偷偷往里面跑。

他坐在躺椅上，咬着一根没有点着的烟，闭着眼睛。阳台上没有灯，又阴又潮，他融在湿冷的空气里，整个人像是从黑暗幽深的深林里走出。

温晚有些紧张，小心翼翼地坐下来，“……对不起，给你添麻烦了。”

他睁开眼，没有看她，叼着的烟换了个位置，过了好一会儿才出声。

“什么时候走。”他声音很低。

“过一会儿就走。”温晚咬了咬唇，“你还记不记得你八年前去过东京？”

他愣了一下，慢吞吞地摸出打火机，火光微闪，照亮了他漆黑的眸子，他深深地吸了口烟，缓缓吐出后才将目光移到她脸上停留了两秒。

“去过。”

温晚抿了下唇，继续轻声问：“还记得你在那场大地震中救过一个人吗？”

她目光里期盼的色彩太过浓郁，他缓慢地眨了下眼睛，烟自己燃到了中间的位置，他们俩靠得很近，烟味呛得她眯起了眼睛。

“白色连衣裙，长头发。”她轻声补充。

他突然笑了，打断她的话，眸子里暗含轻佻目光轻轻在她脸上扫了一眼，“年轻妹妹不仅害羞还纯情。”他嗓音低沉，像在嘲笑她的幼稚。

温晚没在意，反而更加直视着他，她突然拽过他拿着烟的手，就着他咬过的位置，看着他，吸了一口。

第一次抽烟，她被呛个正着。

柏骞垂眸看着她，嘴角有一丝若有若无的笑，继续嘲讽着她的幼稚。

“喜欢你的人那么多，我不做点儿特别的，你肯定记不住。”她说着突然低头咬住他右手的虎口。

第一晚初见时这里就告诉她，这个男人危险，理智告诉她要远离，可她偏偏已经深陷迷途。

她温热的舌尖细细舔过上面厚厚的老茧，安抚过后她锋利的虎牙毫不留情地用力咬住，直到尝到血腥的气味。

烟已经燃到尽头，烫到了他的指尖，他揉了揉烟蒂将烟头随意掉在地上，侧头看着她，目光又深又沉。

他忽然一笑，原本浅薄的笑意加深了几分，眼前这个女人外表清纯骨子里却透着过人的强悍。

确实厉害。

她抬头看他，舌尖舔了下虎牙，表情如常，声音清浅，“我打过狂犬疫苗。”

她的话音刚落，下巴就被他粗糙的手指猛地捏起，还带着刚刚火苗的滚烫。

“你还真是不知死活。”

温晚笑了笑，乖巧地点头。

下一秒她的后脑被另一只大掌箍住，嘴唇被他凶狠又野蛮地啃咬。

她愣了，随即张口要咬住他的唇角，就被他粗鲁地拉开了。

温晚不解地看着他。

柏骞坚硬的指腹摩擦着她粉嫩的唇，他低着头靠得很近，滚烫的呼吸打在她的脸上，他野性的目光里有摧毁她的疯狂。

“别再回来。”

他声音低哑，无情又冷血。

屋内的冷气好像又低了几度，温晚全身冒着寒气，心脏被折磨得沉到最底。

……别再回来。

阴暗的小屋里烟雾缭绕，柏骞抽着烟，目光毫无焦距地看着前方，青红的火苗烫到指腹，他毫无知觉。

八年前东京，柏骞回想起第一次见温晚的情景。

她应该被家庭保护得很好，第一次遇到这种突发性的自然灾害，她局促不安地站在原地，连逃生这种条件反射的身体反应都忘了。然后他发挥了一次英雄救美。

想到这里，柏骞嘴角笑了下。

英雄救美，他什么时候这么自恋了。

脑子里闪现几个人影，忽然有个人就和昨天那个人重合在一起。

柏骞猛地将烟熄灭，看向门口，温晚刚刚从这里走来出去，似乎还留有她身上常带的花香。

她和那群人居然有牵扯。

温晚收拾好东西走下楼，革海、季冬和虞可可都站在大厅，看着她。

她抿着唇准备走到虞可可身边说些软话，遇到这种事确实是她的责任。没想到被季冬拉住，她皱眉看向他。

“我有话和你说。”

虞可可看到季冬拉着她，立刻大声嚷嚷，“你有什么话对她说啊，不小心睡了我，但真的爱她？我告诉你，季冬，我虞可可可是狗皮膏药，贴上了就甩不下来。真是真爱感人，连要害死你了，还这样。”

季冬沉着脸，扫了虞可可一眼，“你闭嘴。”

虞可可的脸色更加难看，目光揪着温晚，就要发作。

温晚挣开他的手，平静地看了眼虞可可，又看了眼季冬，脸上忽然多了几分浅浅的笑意。

“我下午不和你们去万象了，我回国。我没想到会给你们给医疗队惹这么多麻烦。”她看向革海，“店里的所有损失，我一会儿结给你，感谢你这几天的照顾。”

革海耸耸肩，无所谓的样子。

虞可可和季冬都愣住了，虞可可早上被温晚和柏骞撞到她从季冬房里出来就已经很不爽了，然后没过多久就有一伙人冲了进来，不分青红皂白地到处乱砸，没找到温晚只好恶言恐吓他们。温晚一说她要回国，这几天的景象变成缩影在她脑子里回放，全部是她因为嫉妒而任性的行为。虞可可的脸一下子红了，讪讪地不知讲什么好。

“阿晚……”

温晚浅笑了一下，轻声说：“家里有事必须回去，而且我在这里确实会让你们不安全，还有你喜欢就好好争取。”她抬头看了楼上一眼，不知柏骞能听见多少。

虞可可的脸更烫了，她其实喜欢温晚的，虽然因为季冬，她对温晚的喜欢里多了几分嫉妒。但一路以来，她一直细心照顾着周围的人，话不多存在感不算强，可专业过硬，性格也不作妖。

季冬语气倒是平静，只是皱着眉问：“一定要走？”

她“嗯”了一声：“你们多保重。”

温晚走到墙边看着上面边岩的照片，转头问革海，“我能请你帮个忙吗？”

革海点点头，走过来，看了眼照片，“你认识边岩？”

“嗯，是我学长。”温晚抿了下唇，从口袋里找出随身带着的便利贴和笔，在上面写下自己的名字和手机号。

“有机会的话，把这个转交给学长，好多年没见了，也不知他过得怎么样。”

革海神色复杂地看着她，他抬头看楼上，发现柏骞正靠在栏杆上，咬着一根烟困得要命的样子，也不知有没有在听。只是他眼里有谁都没有发现的深意。

革海将原本的话，咽了回去。

他上楼的时候将便利贴递给柏骞，柏骞看着便利贴上清秀的字，嗤笑一声。

怎么见，下地狱见？

第二章

我看着你，你是个谜

▷▶ 1

温晚离开客栈的时候，革海趁着所有人不注意塞给她一张纸条。

她诧异地看着他，不明白。

革海双手抱着胸，眼睛上下扫了她一眼，“普通是普通了一点，你要是真想认识柏骞，别在他面前提边岩。”

“他叫柏骞啊。”温晚小声地重复着名字。

革海愣了一下，笑了，“你居然连他的名字还不知道？”

温晚将纸条收好，小心地放进钱包的最里层，抬眸看向革海，认认真真地说：“谢谢你啊。”

革海很少看到温晚这种类型的女孩，她应该被家里保护得很好，长得又小又白带着大家闺秀的文静和书卷气。这和柏骞恰恰相反，男人的直觉告诉他，她可能适合柏骞。

夜半时分。

柏骞的小客栈里走了唯一的一批客人，革海将狐朋狗友都领了过来，在大厅喝着酒瞎聊。

洛灵坐在柏骞身边，没骨头一样靠在他身上，红唇耀眼，黑裙露骨，身边男人的目光有意无意地瞟在她身上。

柏骞撑着下巴，目光涣散地看着前方，另一只手拿着酒瓶不时灌一大口，喝得有些冲，脸色都开始发白。

快到六月，离边岩的忌日又近了一些，他的心情越来越差，机票已经订好，下周回景洪扫墓。

放在桌上的手机亮了，革海眼尖地看见。

“那小白兔给你发的？”

柏骞没有表情地将手机翻了个面，屏幕向下放在桌子上。

革海“哼”了一声，撇了下嘴巴，“你他妈就装吧。”

他抬眼看了革海一眼，将酒瓶放下，抬手就要掐他。革海笑着躲开，桌子上的手机又震了一下。

洛灵敏感地看着柏骞，“什么小白兔？”

柏骞没说话，从烟盒里取出一根烟咬在嘴里，摸了摸口袋没找到打火机，看向革海，革海将自己的打火机扔给他。

洛灵将目标对准革海，又问了一遍，“谁是小白兔啊？”

桌上的手机第三次震动，谁都没发现。

柏骞拿着打火机和手机从座位上离开，洛灵在身后叫他，“干什么去？”

他咬着烟，头也没回，“抽烟。”

“在这儿不能抽啊？”洛灵小声念了一句，抬眼死死地看着革海，画着精致眼线的双眸，让她多了几分咄咄逼人的架势。

革海举双手投降，“一客人。”

客栈里还在闹着，柏骞蹲在路边，嘴里咬着烟，融在夜色中，与里面的烟火气隔绝。今夜难得有月亮，隔着薄雾看着有几分像温晚的眼眸。

一根烟抽尽，他才将手机按亮。

温晚发了三条短信，每次相隔两分钟。

“我是温晚，在曼谷转机回昆明，你睡了吗？”

“睡前喝一杯牛奶有助睡眠，不行的话吃片西泮，没副作用的。”

“晚安，好梦。”

柏骞将这三条短信看完，又点上一根烟，不知从哪儿来了一阵风将烟雾吹得从下往上乱飘，呛得他眯起了眼睛，半晌轻笑了一声，低声道：“狡猾的女人……”

又过了一会儿，第二根烟抽完，他慢慢站起来，半旧的灰色短袖，普通的黑色破裤子，穿在他身上就好看。柏骞揉了下乱糟糟的头发，晃着步子往客栈里走。

餐桌上已经开始了第三轮劝酒，革海看见他一步一步往楼上走去。

“你不喝了？”

柏骞转身过来，盯着他们看了好一会儿，缓缓伸手摆了摆，继续往楼上走。

“那你干吗去啊？”

“做梦。”

他声音很轻，那群人肯定没听到。

温晚一直握着手机，直到她到昆明下了飞机柏骞都没有回复。她看着黑漆漆的夜长舒一口气，这也是意料之内的事。

温北坐在书房还没睡，不知是因为工作还是专门在等温晚。温晚进家门的时候，刘姨指了指书房，一脸畏惧。

她撇了撇嘴，哼哼道："大半夜不睡觉干什么呢？"她心里明白，大概是想抓她训一顿，为什么不声不响就跑去缅泰老。

温晚推开书房的门，温北正笔直地坐在那里冲着她笑。他穿着黑色的衬衫，肤色偏白，屋内只开了一盏冷色调的台灯，这个笑格外瘆人。

她背后发冷，带上门，低着头温顺地轻声叫了句："哥哥。"

"不敢当，明知道家里和那边不对盘，还往那边跑，觉得自己命大是不是？"温北话里带着火，被她一言不发的模样气笑了。

"我不是好好的嘛。"温晚上前抓住他的衣角，语气软软的。

温北拍了下她的脑袋，到底软了下来，揉了揉她的头发，上下瞧了瞧，"被跟了？"

温晚点点头，她知道家里生意有不少都和金三角合作，她在泰国没事，到达老挝境内就一直不太平。

"家里和老挝那边的合作有问题了？"

温北避开，不和她详谈，"你别乱跑就行了，别管那么多。"

温晚看了他一眼，还想和他纠缠，温北一句话将她扔了出去。

"滚出去反省。"

温晚反省了三天，在市一院找到了工作。虽然学历不错又有经历，但她资历浅，在人才济济的市一院，还是老老实实在急诊室做实习医生。

她正跟着主任医师，淹没在一群实习医生里，拿着本子认认真真地记着主任说的话。人群中，她虽不起眼，但最认真。

放在白大褂口袋的手机忽然震了震，她身体一怔，写着字的笔在本子上画出了很长一道线。

温晚紧张地看着主任一眼，将手机从口袋拿出来，三天没有回复的某人回了两个字。

“骗子。”

啊……我怎么骗他了。温晚将自己发过去的短信又翻出来看了一遍，刚准备回短信，带她的主任医师突然回头看了她一眼。

温晚抿了抿唇，歉意地笑了下，连忙将手机放回原位。

柏骞看着手机屏幕，迟迟没有回复，眉头微皱，将手机毫不吝惜地扔到了桌子上。

革海拿着酒瓶走过来，笑着看向他，“等信息？”

柏骞倚在沙发上，漫不经心地瞥了他一眼，没说话。

革海一副了然的模样，坐在他身边，“就那小白兔，居然没回你短信？”

柏骞的心思没放在他身上，不知在想什么，听到他的话点了点头。

革海来了精神，笑骂道：“居然有女人抵抗得了你这张脸，小白兔真是好样的。”

柏骞听了觉得好笑，转头看他，“你嫉妒？”

他眸子漆黑，脸上带着三分笑，客厅里的大吊灯悬在他的头顶，眸光流转间顾盼生辉。革海一时间被他唬住了，随即往后坐了坐，离他远一些。

“你有本事让小白兔回你短信啊，和我说有个屁用，还他妈跟我使美男计，没用样儿。”革海愤愤不平。

柏骞耸了耸肩，像是又困了，打了个哈欠，身子懒懒地倒在沙发里。

扔在桌子上的手机震了一下，他半眯着的眼睛缓缓睁开，却没动作。

过了一会儿又震了一下，革海看着他，直到手机震了第三次，柏骞才慢悠悠直起身子，将手机拿到眼前。

“真他妈矫情。”革海受不了他这幅鬼样子，明明在等，却等人家主动才给回复。

他突然想到什么，转头看柏骞，“温晚是不是不知道边岩已经走了……”

柏骞愣了一下，坐起来，拿起桌子上的烟盒，抽出一根烟咬在嘴里，“嗯。”

革海观察着他的脸色，继续问道：“她和边岩不止师兄妹这么简单吧，所以你才……”

柏骞点好烟，将打火机扔在桌子上，低头不看他，自顾自地抽烟。

手机屏幕不知为何又亮了起来，刚刚温晚发的三条短信都显示出来。

“刚刚在忙啊，没及时回你，对不起啊。我真的没骗你，怎么了？”

“没想到你会回短信，我真的很开心。”

“啊……你是不是生气了？”

温晚还没来得及搞清楚柏骞有没有生气，就被一个手术忙得昏天黑地。刚从手术室出来，还没来得及眯一会儿，就听见急促的脚步声，不一会儿便见大批穿着制服的警察将急救室团团围住。

一个浑身是血的男人被一群医生推进来，温晚拉过一个护士，急忙问道：“出什么事了？”

“说是卧底警察，行动中受伤了。”护士满手都是血，眼眶红得要命，下一秒就哭了出来，“温医生……他…他中了三枪……全身都是血……你说他会不会……”

温晚皱着眉，安抚地拍了下她的肩膀，将口罩带上，“我去看看，你去帮别的。”

到底是枪伤，哪怕见多识广的急救室护士都慌了手脚。

温晚加快步伐跟进了手术室，主任沉着脸按住出血处，大声吼：“温晚，这人你负责。”

她连忙穿上手术服从后面走到手术台，患者身上有三处枪伤，最致命的在靠近心脏的位置，那一枪直接打碎了心脏旁边的冠状动脉。手术做了五个小时，她出来时双腿开始打战，累得坐在手术室外的椅子上。

她将手机拿出来，看了看，果然没有回复，她的嘴角轻轻扬了下。

真讨厌。

她每一条短信，看似不经意，其实都是经过计算的。

三条，控制在他觉得自己受重视又不厌烦的尺度内。

只是她算计了那么多，他也没有上钩。

温晚瘫在椅子上，看着上方的天花板，冰凉的手指摸了下唇角。

那天他粗鲁野蛮地吻了她。

带着致人灼伤的温度。

▹▸ 2

不知过了多久，小护士跑过来告诉她下午枪伤的人已经醒了，神智不是太清楚，让她快过去看。

ICU里的人全身还插着各种仪器，虚弱的眼睛都睁不开。

他肤色黝黑，哪怕是这样脆弱地躺在床上都能看出他的与众不同。他身上有着和柏骞一样的气质，那是从铮铮铁血的刚毅岁月里历练出来的结果。

“你在说什么？”

温晚俯下声，凑近听着他极轻的声音。

他说得很慢，不停地重复着两个字，是个人名，像是老挝语又像是泰语。

温晚听不懂，一转眼，看见他胸口的文身，手掌大小，几笔抽象而成的大象。

温晚身体一震，随后猛地站起来，神色复杂地看着他。她见过这个大象，一模一样，在柏骞的身上。

沥青色的线条，代表神圣的象。

她耳边恍惚响起那天晚上虞可可在客栈的闲聊。

“那个他真的是客栈老板啊？”

“我觉得像头目，金三角这边的大头目。”

身旁的护士一脸狐疑地看着温晚，“温医生，怎么了？”

温晚摇摇头抿着唇，快速走出了病房，进了走廊末端的卫生间。她快速拧开水龙头，用凉水洗了两遍脸，才拧上。

医院里都是消毒水的味道，她最近忙得要命，睡眠少得可怜，眼底的黑眼眶重得吓人，不知是不是身体原因，连舌苔都发苦。她看着镜子里的自己，心头隐隐发凉，室内冷气好像又大了，她打了个寒战。

“你究竟是什么人……”

镜子里的自己越来越虚，她全身都透着寒气，不敢深想。

白大褂口袋里的手机忽然震动，她僵着身体，手不自觉地颤抖，好一会儿才拿了出来。

屏幕亮了又暗下去，那一行字刺眼又显目。

“边岩死了。”

她猛地将手机扔了出去，不敢相信那四个字的存在。

发短信的人是和边岩同级的学长，她在客栈看到边岩的照片，就拜托学长去查，没想到过了这么多天，得到的是这个结果。

脑子里突然回响起，她离开客栈时，革海对她说的话。

“你要是真想认识柏骞，别在他面前提边岩。”

她将水龙头重新打开，用力往脸上浇了两把冷水，心脏紧缩的感觉还没有消失。

边岩死了。

他怎么会死，什么时候死的。

温晚从洗手台上将手机拿起，给舒泰打了电话。

“帮我查个人，柏骞，他……可能是卧底警察……”

温晚的电话打了没多久，下班的时候就看见舒公子开着车停在医院门口。

舒泰摇下车窗摘下墨镜，冲着她挑眉一笑，“美女，走吧。”

温晚无奈地笑了，在医院门口众人的目光里上了车。

“你这样你爸真的不担心吗？”作为警察厅长，儿子这么张扬，怎么看都很危险。

舒泰无所谓地拜了拜手，“资料在后面，你自己看看。”

温晚转头，从后座将档案袋拿过来。

“警务系统里没有这个人的名字，我问了几个老警察都说不认识，不过……”

“不过什么？”温晚问。

舒泰摇摇头，脸色变得复杂起来，想起市刑警队一个刚刚退下来的警察和他说的话。

他看着温晚，语气劝诫，“他不是什么好人，你别再查了，退一万步来说，就算他是好人，他是卧底警察，为什么系统里没有他的名字，他还是现役吗，如果不是……只有两种可能，一是死了，二是叛变。”

温晚脸色苍白，下意识地摇头，“不可能。”

“没有什么不可能的，金三角就是个大染缸，谁能干净。”

温晚听不得他不断地说着柏骞的坏话，声音大了几分，打断舒泰的话，“你别说了，我自己会查清楚的，还有他是好人。”她定定地看着他，眼里是信任和坚定。

舒泰皱着眉，叹了口气，“你就不怕你哥知道？”

“你别告诉他。”温晚看着他，想到他过去的信用记录，又追加了一句，“不然……”

舒泰无奈地看了她一眼，将车停好，举双手投降，“我是不会说的，但你哥会不会知道我就不知道了……”

温晚想了想，立马抓着包打开车门往外走。

舒泰莫名其妙地看着她，“你去哪里啊……”

温晚没理他，径直走到路边，拦了一辆出租车，快步上了车。

她一定要将柏骞的身份搞清楚，她不相信他是舒泰说的那样的人。他救过自己两次，每一次他都可以置身事外。这样的男人，怎么可能会是他口中叛变的小人。

现在都是实名制买票，得让温北发现得越晚越好。

温晚刚到客车站，就被一群私人司机围住，他们大多是汽车的私人承包商，为了直接赚钱，自己在车站外拉人，收的钱比起正规的票甚至会便宜一点儿。

温晚看着举着琅勃拉邦牌子的男人，“去琅勃拉邦多少钱？”

男人打量了温晚一下，见她低调但不便宜的衣着，就报得高了些，“四百。”

温晚笑了，举着手机上的客车价格，放到他眼前，“便宜些。”

“小姑娘还挺精明。”男人笑了笑，“三百，每晚七点发车。”

“好。”

第二天温晚向医院请了一个月假，她一个新人，本来医院不会准假的，可她家世过人，温家在当地的名号还是让医院网开一面。

她谁都没说，直接回家，收拾了几件衣服，没敢拿多。

刘姨见她这个点回来，又见她拿了个包，问：“怎么了？”

“急诊室忙，这几天可能没空回来，我带几件衣服好换洗。”她理由太过正当，刘姨心疼地看着她，还给她拿了一盒牛肉干。

“饿了吃。”

温晚笑笑，“好。”

她打车直接到客车站，距离发车不到一个小时，可这一个小时格外漫长，她一直看着手机，手指摩擦着屏幕，思考着要不要给他发个短信。

可发什么，除了名字，她对这个男人一无所知。

傍晚六点半，云南最南端，版纳傣族自治区的首府景洪。

雨季的版纳天气很诡异，一直下着绵绵细雨，突然云层变厚，天空一片风起云涌。

柏骞刚下飞机，他随身只带了个背包，步伐不快不慢地混在人群中。

刚出大厅，就被一个人拦住，柏骞脸色不变地看着他，“每年都等我，不腻？”

费野没心情和他开玩笑，“岳致昨天出事了。”

柏骞微愣，眼眸里终于没了惯有的懒散，“怎么回事？”

“昨天收到他的线报对那片进行围捕，没想到岳致暴露，中了三枪，还好保住了命，现在在昆明市一院。”

听见人没事，柏骞点了下头，快步往机场外走，费野跟在他身后，见他正拦出租车，“我有车。”

柏骞没理他，径直上了出租车，费野没办法，也跟着上了车，听到柏骞报的地名，他惊讶地看向他，语气不解，“你不去看看他？”

“没死，看什么。”

费野黑着脸看了他一眼，见他一脸如常，更生气了，“你还没死，他就死不了。”

柏骞看着费野笑出声，“好事。”

费野被他折腾得没脾气，语气软了下来，“你真不去看他？岳致一直想见你一面，你也知道当年的事，也不能完全怪我们，大家立场不同，你性子也太倔了。”

柏骞偏过头，明显不想和他讨论这个话题。费野翻了个白眼，忽然想到什么，“你认识舒家的人？”

“不认识。”

“那奇怪了，舒厅长那败家儿子最近在打听你。”

柏骞微愣，眸子里闪过一丝光，半晌勾了个笑，“有意思。”

边岩的墓地在景洪的一座山上，柏骞让车停在山下，自己走了上去，费野给了出租车司机五百块让他等他们。

柏骞什么都没带，随意坐在地上，从口袋里摸出烟盒，给边岩和自己各点了一支。

后上来的费野看见这一幕轻骂了一句，“真他妈每年都一样。”骂完自己也找个石头坐了下来。

他看着柏骞的背影，又侧头看了眼边岩的墓碑，一转眼，他已经走了两年了。费野心头没由来的烦躁，他抬头瞪了眼闷热的天空，摸着烟盒站起来走远了一些。

柏骞咬着烟，不知过了多久终于出声了。

“我见到那个女孩儿了。”说着他嗤笑一声，他眸子微斜，看着墓碑上的字，“你的眼光真是一如既往的差。”

柏骞的眼眸转动得很慢，眼前浮现边岩温和的笑脸，眸子带光地和他说着温晚的好。

“我最近遇到个小学妹，长得特别漂亮，说话轻声轻气的，好让人有保护欲。”

“我知道她叫什么名字，温晚，人如其名，确实很温婉啊。”

“我真的好喜欢啊，不知道她有没有男朋友，哥，你知道吗，我第一次这么喜欢一个人。”

柏骞的手机忽然震动了一下，他慢慢吞吞地拿出来，是温晚发的信息。

“好想见你。”

柏骞眸色转冷，将烟掐灭，抬眸看着墓碑。

“她配不上你。”

柏骞站起身，转身就往山下走，费野连忙扔掉烟跟上来。

“怎么了？”

“我不会去昆明的，你能走了。”

晚上七点，昆明南窑汽车站，温晚背着背包上了大巴。快到夏天，天黑得很晚，温晚的床铺靠窗，她看着窗外还残存的太阳，心情不知为何有些忐忑。

这场说走就走的任性行为，会不会将她平静的人生就此打破。

她咬着下唇又给柏骞发了个短信，同样的内容。

“好想见你。”

结果当然在意料之内，没回复。

大巴里的人不是很多，她隔壁床位是个女生，一直撑着下巴打量着她，透着古灵精怪。

温晚看着她，“怎么了？”

钟夜星嘴角立刻扬了一下，看了眼手腕上的手表，“我就是在计算你什么时候才会主动理我。”她伸出手，主动碰了下温晚，“我叫钟夜星，要去万象学老挝语的。”

温晚点点头，“温晚。”

“你是逃婚还是私奔呀？”

“啊？”温晚睁大眼睛，惊讶地看着她。

钟夜星“扑哧”笑了，“你这么紧张，又一直盯着手机，我猜肯定是其中一个吧。”

温晚抿着唇，不知是不是被她戳穿，脸有些绯红，“……不是。”她顿了下，抬眸看着钟夜星，“我是去追爱。”

钟夜星的眼睛更亮了，“那祝你成功。”

温家的灯亮了一夜，温北站在书房，刘姨已经将下午的情景描述了无数遍，她小心地看了眼温北的脸色，又立马将头低了下去。

特助徐明拿着电话从屋外进来，对着温北摇了摇头。

“小姐没用自己的身份证买票，手机定位也很模糊，暂时还没办法确切知道小姐的位置。”徐明想了想觉得空气太过凝重，“没消息，或许是好消息。”

温北快速看了他一眼，目光带着冰刀。

徐明知道自己失言。

“米纳那边有动作吗？”

“暂时没有。”

“密切注视。”温北脸色如墨，看着桌面上最近的文件，那是米纳发来的走私协议。他一直不理睬，急切让温晚回来，就怕发生万一，没想到这丫头居然着了魔一样，非要往那边跑。

老挝到底有什么让她放不下的东西。

▷▶ 3

早上八点左右，车子在磨憨停了下来，车上的人都下来到出境大厅排队出关。

钟夜星几个小时下来和温晚已经很亲近了，她勾着温晚的胳膊，走路蹦蹦跳跳的。

“你第一次去老挝吗？”

“不是。”早上有点儿凉，还下着雨，温晚将披着的纱巾裹得紧了些，一转头，在身后不远处的人群里看到一个熟悉的背影。

“……柏骞？”她睁大眼睛不可置信，情不自禁小声地叫出他的名字，再仔细看的时候，那个背影已经消失不见了。

“怎么了？”钟夜星顺着她的目光看过来，温晚摇摇头，“可能看错了。”

他怎么可能在这里。

可黑色短袖，黑色长裤，确实是他常穿的衣着。

修长挺拔的身姿，也确实是他。

温晚拍了一下脑袋，一定是思人过度，出现了幻觉。

“还要多久啊？”温晚按了按已经发麻的腰。

钟夜星看了看手表，“中午能到勐赛，傍晚能到琅勃拉邦，你是到琅勃拉邦吧。”

温晚“嗯”了一声，又不死心地回头看了一眼。

确实没那人的踪影。

难道真是日有所思?

车子刚到勐赛就上来一伙儿武装整齐的人，他们在车上四处搜寻，一边用不熟练的英文让车上的人把行李打开。

钟夜星见温晚神色紧张，小声地安慰道：“正常的检查，不会有事的。”

温晚点点头，心里却还紧张地打鼓，如果只是例行检查，不会出现像在找人的眼神。她猜测的过程中，与带头的男人四目相对。她明显看到对方眸子里闪过些什么，温晚下意识移开目光，想装作若无其事的样子，可余光里那人还是一步一步地向她走来。

身边的钟夜星也有了几分紧张，她小声地说：“温晚，他们有点儿不对劲……”

温晚攥着手机，另一只手抓紧包，她坐在大巴中间靠前的位置，和前后门的距离都不近，窗户是密封的，根本没机会逃跑。

带头的人穿过床位站在了她的面前，他弯下腰，脸与温晚的脸平视，目光放肆地在温晚的脸上扫荡。

“温小姐。”

温晚呆滞，脸上努力保持着镇定的表情，她缓缓抬眸看向他，脸上挂着略显生硬的浅笑。

她心里明白此刻再否认也没有意义，他们能够在这里找到她，一定是事先收到消息，只是她刚出国门他们就知道，那她回国的那段时间，一定有人在她身边跟着她，因为忌惮温北，不敢在国内动她。

“你是？”温晚问。

“我们boss和温先生是朋友，知道温小姐来老挝，特意交代我们请你过去，好好招待。”他中文说得还算标准，长相也偏华裔，温晚猜想可能长期和中国人合作或者是父辈移民过去的。

钟夜星紧张地看着他和温晚的对话，小心地给温晚使眼色，不要去。

温晚笑了笑，给她一个安抚的眼神。

这哪里是她能不去就不去的。

“你们boss是谁？”

“温小姐去了就知道了。”

看来一点儿余地都没有，温晚抓着包，跟着他们下了车。

他们现在在路边一条单行车道上，路边没有店，荒得过分，连来往的车辆都很少。

温晚的心一点一点沉了下去，他们一群有十个人，如果她现在跑，不出十米就会被重新抓回来吧。

她苦笑了一下，看来今天是在劫难逃了。她心里说不害怕是骗人的，第一个想到的是温北，肯定又要被他骂一顿。

就在她要跟着他们上车的时候，耳边突然听到猛烈的刹车声。一辆黑色的车，飞速撞了过来，身旁的人下意识躲闪，她没反应过来，愣在原地，看着那辆车一个漂亮的甩尾，突然不知从哪里伸出一只手猛地拽住了她的手腕，然后她好像经历梦境一般，直到背部猛烈的撞击感，让她回到了现实。

内在的器官像是经历了什么巨大的挤压，温晚全身痛得发麻，可这都比不上心脏快速起伏带来的万分之一。

她猛地转过头，看着驾驶位上的男人，正是她日思夜想的人，刚刚的害怕突然消失得一干二净，那种绝后重生的喜悦让她的眼泪突然如决堤一样蜂拥而下。

他依旧如初见时那样懒散，穿着旧旧的短袖，嘴里叼着烟，眉眼带着倦意。

温晚有很多问题想问他，你到底是谁？为什么会出现在这里？为什么又救了我？

而此时此刻，她却一个字都说不出来。

温晚擦掉脸上的泪，突然侧过身，在他嘴角亲了一下。

柏骞微愣，转头惊讶地看她。

温晚笑了，她脸上带着泪，又在他嘴角亲了一下，带着某种宣誓一样说道："这下你甩不掉我了。"

柏骞皱着眉看了眼后视镜，伸手将她推开，"坐好。"

温晚听话，将安全带系好。

一路飞速，温晚不知他们往哪个方向开去，刚刚还是大太阳，现在又飘来厚厚的云层，天空还是飘起来小雨。

温晚看着柏骞的侧脸，却觉得他仍然是个谜，藏在云间。

他们开了将近一个小时，七绕八拐地在一家路边的小店停了下来。

温晚要了碗酸辣的老挝粉吃得欢快。

突然柏骞将手机扔在桌子上，眼睛没有看她，语气也听不出好坏。

“全是你的短信，你这么闲，每天都来撩拨我？”

温晚低着头，看着柏骞的手机屏幕，最近的短信来往，确实只有她一个。

上面都是她絮絮叨叨的字眼，发的时候没觉得那么羞耻，可这么看着确实让她不好意思。

温晚抿了抿唇，抬头找到他的目光，语气认真，“因为我喜欢你啊。”

柏骞沉默了，叼着烟垂眸看她，刚刚从大巴一路逃亡到这家店，女孩的脸上没一点儿惊慌，好像发生的一切都在意料之内。

他歪着头，像是在思考什么，忽然嗤笑了一下，目光又重新回到她的脸上，“赶快回去。”

“不要。”她拒绝得果断，嘴角浅笑，身子往前靠，抓住他的手，“你是知道我有危险，专门过来的吗？”

柏骞看过来，他看人的眼神很深，似乎要将人吞噬。

温晚被他看得心慌，将嘴里的河粉吞了下去，惴惴不安地看着他。

“怎么了？”

“吃完送你回国。”他移开目光，拿起烟又点着。

“我不回去。”她的情绪有些激动，见他突然站起来，以为柏骞要走，想都没想就伸手抱住了他的腿。

店门口停下来一辆车，和店老板说了两句话，便往他们这边走来。

柏骞眉头一皱，扯开她，将她按在座位上，低头和她四目相交，“坐着别动。”

温晚想往后看一眼，却被他按住脑袋，“吃你的。”

她只好低着头，柏骞慢步走过去，温晚听不懂老挝语，大概能猜到他们在简单的问话。

她不敢转头，怕自己的脸暴露了，可又按捺不住好奇心。

就在她自我挣扎的时候，忽然一只手抓住了她，不是柏骞的温度。

她全身微微颤抖，下一秒，就听见耳边巨大的敲打声。

温晚睁大眼睛，惊悚地看着柏骞从手边拿来的椅子，摔在了刚刚抓住她的男人头上。

男人的同伙愣了一秒，随后一哄而上，柏骞打架的动作不大，但掌中带风，每一拳都打在要害上。

温晚抿着唇，她心里忽然有些害怕。她见过警校训练出来的套拳，不是这样的，他更像是从实战中一点点摸索出来的，又狠又凶。

眼前的这个男人，不是在琅勃拉邦客栈里慵懒神秘的客栈老板，不是在东京街头救她的温暖路人，他的骨子里渗透着凶狠，血液里夹杂着暴力，他是黑暗中让人害怕的王。

只有四个人，柏骞不一会儿便解决了，他转身看见温晚正用他没见过的眼神看着他。

柏骞拍了拍衣服，走到她面前，弯下腰扳起她的下巴，手指用力丝毫不带怜惜。

“我不是好人，现在知道怕了？”

温晚半晌才摇摇头，她看着他的眼睛，想试图将他看透，“……你是谁？”

第三章 黑夜里他的孤独与憧憬

▷▶ 1

柏骞看都没看她一眼，径直往店外走去，温晚一路小跑跟上他，见他上车，也快步打开另一侧车门。

温晚惴惴不安地坐在副驾驶，看着柏骞一言不发地发动车子，“我们现在要去哪里？”

柏骞没搭理她，温晚更加不安起来，她忽然拉住柏骞的手，“你别送我回国。我就是为了找你才来的，你不能……”

“我不能怎么样？”柏骞瞥了她一眼，眸色偏淡，神情很是冷漠。

温晚紧张地舔了下嘴唇，一副欲言又止的模样。

柏骞将车急速转了个弯，“把手机关机，不想回去就老实点儿。”

温晚立马系好安全带，仪表盘已经是疯狂的状态，车辆飞驰而过，四周尘土飞扬。

她怔怔地看着前方山峦叠起，外面已经变天，太阳不知所踪，黑压压的乌云压在山的最上方，整个天地卷在一起，透着一种怪异。沉闷的空气里，大雨将至的气息铺天盖地。

柏骞将车开进山路，在半山腰的时候，忽然传来滚滚雷声，雨珠带着浓重的腥味儿从天而降。

陡峭山路，老旧越野车，白色雨幕，雨刮器早已罢工。

柏骞将车停在半山腰一个隐蔽处，他要打开车门的瞬间，温晚拉住了他。

柏骞侧头看她，温晚眼里存着无处可藏的惧意。

“我们不要车了？”

柏骞毫无征兆地笑了，“怕了？”他语气一如既往的懒散，眼神确非如此，氲着比暴雨还大的冰冷。

温晚轻轻摇了摇头，说话声音更轻，“不怕啊。”

外面的雨更大了，柏骞抓住温晚的手，“前面的路很苦，你确定要跟着我？”

温晚的目光越过窗外乌压压一片，那是看不见尽头的热带雨林，敏锐的第六感告诉她前方危险，且深不可测，她猛地反抓住柏骞的手。

柏骞带着温晚冒着大雨从另一边上山，不一会儿全身就浇透了。雨水打得温晚睁不开眼，更看不清前方的路，只有手腕处的灼热到发痛的印记提醒着她前进的方向。

这边种植了许多温晚不认识的树，没走多久她身上就被细碎的枝丫刮得到处是伤，身上更是衣不蔽体。

雨似乎在和他们作对，下得更大了，温晚的眼睛睁不开，分不清脚下的路，一个踉跄整个人跌在地上，全身是泥。柏骞一言不发将她抱起来，大雨并没有妨碍他的视线和脚步，他熟练地左拐右拐，将她带进一个自然形成的树洞里。

雨一直下，柏骞和温晚被困在狭小的树洞里，肩和肩紧紧挨着，温晚看着柏骞，又从他的眼睛里看到了自己，潮湿空气一下子变得暧昧起来，温晚靠近了一些，她抬头看他时很像某种小动物。

柏骞问："你看我干什么？"

温晚目光清澈，她踮起脚抱住柏骞的脖子，还是够不到他的耳边，她小声责怪道："你低下来点儿啊。"

柏骞闷声笑，也没有低下来，反而用大手直接搂住她的腰，将她往上一抱。

温晚紧紧抱住他，柔软的身体毫无空隙地贴着他，靠在他耳边用她清甜又腼腆的声音说："喜欢你啊。"

她喜欢的话说太多，不会脸红了。

温晚准备跳下来的时候，后脑被一股力按住，下一秒唇上一热，她抬眸看他，柏骞也在看着他。

他眼里毫无温情，只有隐忍到一触即发的欲望。

温晚颤了颤睫毛，用力咬了下他的唇，铁锈的味道就在唇齿间蔓延开来。

他抱住她的手更加用力，指腹的老茧摩擦着她细嫩光滑的肌肤，触碰到她身体敏感的地方，她下意识地拱起身子。

柏骞说："还咬不咬？"

"咬！"她快速回话，还仰着头又亲了下他。

真是不知死活的女人。

外面的雨势稍弱了几分，枝叶繁茂昌盛，雨水打在叶子上，发出清脆的声响。

柏骞拉着她，继续往树林深处走，林深雾重，不知走了多久，柏骞突然压着身子，抓着她钻进一个树木丛，丛林不深但也有个五米左右的距离，艰难的地理环境和天气原因，让原本就困难的路变得更加举步维艰。

温晚皮嫩，没受过这种苦，咬着牙一直在坚持，就在温晚感觉自己撑不下去的时候，柏骞忽热转过身来，将温晚拉进他的怀里，他整个人罩住温晚，一步一步带着她走。

柏骞滚烫的呼吸就在温晚上方，好像连冰冷的雨水都变得灼热起来。

“再坚持一会儿。”

“嗯。”

终于走出树木丛，温晚看见前方是一个标准东南亚木质建筑的小型村落。柏骞将自己身上的短袖脱下来扔到她身上，裸着上身就往最里面的那户人家走去。

温晚后知后觉地低头看了眼自己，发现胸前大部分的肌肤都裸露在外。柏骞的衣服虽然已经湿透，但好歹是深色。温晚红着脸将衣服穿上，紧紧跟在柏骞身后。

这个村落不足100人，见有生人闯入，都用非常排外的眼神看着温晚。

温晚知道这种落后原始的村落对于外来人不太友好，更何况她现在一副闯入者的架势。

她紧张地拽住柏骞，因为太过紧张，手指进了他的牛仔裤里，甚至摸到了他内裤的边缘。

温晚“啊”了一声，红着脸局促地想要将手收回，没想到被柏骞抓个正着，他一个巧劲将她搂进怀里。

柏骞上半身赤裸，肌肤隔着湿透的肌肤，几乎没有距离的相贴。温晚刚要挣扎，就听见他轻声在她耳边说道：“别动。”

她疑惑地抬头，看着一个穿着当地人服装的男人打着伞从屋里出来迎接柏骞。

他应该认识柏骞，而且很熟，他对柏骞很热情，用老挝语欢快地说了一堆。

温晚不懂老挝语，安静乖顺地靠着柏骞，听他用熟练的老挝语交谈。

这个男人带着他们走上屋子的二楼，给了温晚一个善意的笑容便离开了。

温晚看着关闭的房门，转过身来看向柏骞，“他认识……”温晚的话戛然而止，柏骞不知何时已经脱掉身上湿透的牛仔裤。

她红着脸不知躲到哪里，柏骞发现什么有趣的事情一样，朝着她一步一步逼近，她被逼在狭小的角落里，两个人呼吸交融，她的发丝正暧昧地缠在他胸前的肌肤上。

柏骞压着嗓子，语气轻佻暧昧。“还会害羞？”他话里含笑，没了途中的冰冷可怕。

温晚抬头看他，卷翘的睫毛，撩拨着面前人心底的柔软，目光刚刚触及他的黑眸，下巴就被强硬地捏住，再下一秒她冰凉的唇就覆上火热得让人心乱的温度。

他吻得粗鲁又隐忍，温晚无力抵抗，双手不知何时勾住他的脖子，整个身体都挂在他的身上，他的唇从她的唇角转移到了耳后，暧昧摩擦，忽然他低笑一声。

“这就是你想要的吗？”

温晚整个人仿佛从滚烫的热水中一下子掉进冰天雪地里，她唇色红艳，眸中含水，可后背冰凉。

温晚咬着下唇，目光直直地看着柏骞，“你什么意思？”

柏骞松开她，“去洗澡吧，柜子里有衣服。”

温晚看了他一眼，还想再问什么，见他沉默地点烟，冰冷的目光从门口收回，眉眼间皆是阴郁，又默默将话都吞进了肚子里。

她留了个心眼，也往门口看了一眼，房门紧闭，并没有什么异常。

“快去。”柏骞催促。

柜子里都是当地的服装，繁复色彩的民俗服装，她简单快速地冲了热水就换上了新衣服。

民俗服装穿法复杂，温晚研究了好久都不得章法，浴室的门毫无预警地被打开。

温晚拽着裙子惊讶地看向柏骞，“……怎么了？”

柏骞的目光停在她交叉的手上，“不会穿？”

他伸手直接拽住衣服，一个巧劲将她拉近了几分，又突然将她抱起，把她放在洗手台上。温晚咬着唇有些紧张地看着他，柏骞似乎真的在认真地帮她穿衣服。烦琐复杂的程序，他从善如流地解决了。

“你经常给女人穿衣服？”温晚突然问道。

柏骞抬眸，话音懒散目光却很深，“你猜呢？”

温晚快速舔了下嘴唇，“我猜，我是第一个，也会是唯一一个。”

“哦？”他语调拖长，“这么自信啊。”

不知是不是因为浴室里还未散掉的水蒸气，温晚的脸红得像熟透了的苹果。

衣服终于穿好，柏骞拍了拍她，“下来吧。”

温晚摇摇头，眼睛直直地看着他轻声说，“要抱。”

他莞尔一笑，也不知为何突然这么好说话了，抱着她，温晚紧紧搂着他脖子，下巴抵在他的颈窝，呼着热气的唇靠在他耳边，真情实意地说：“我是全身心投入喜欢的你，要的是你的人你的心，一个完整的你。”

抱着她的手忽然停顿了一下，然后就听到柏骞的声音。

他说：“你凭什么觉得每次这么撩拨我都会没事？”

时间仿若停下不动了。

温晚极慢地转动着眼眸，好像过了很久又好像只是一瞬间。

她低着头，喃喃地说：“我也想有事啊。可惜你就是不上钩。”

气氛烧到沸腾又急转直下降到冰点。

柏骞又点起了烟，他眼睛像隔着雾，可目光却尖锐地刺破那层厚雾直接击向她。

“那群人为什么绑你。”柏骞问。

温晚用力地抿了下唇，没回答他的问题，反而反问道：

“你为什么会出现在那里？”

柏骞眼睛一眨，三分轻佻，七分懒散，呼出的热气缓缓浮过她的脸庞，“为了……英雄救美？”

温晚低头抿唇笑了笑，随后抬起头，眼里全是认真，“他们为什么绑我具体原因我不知道，可能跟我家里的生意有关，具体的应该和之前在老挝被武装袭击的原因八九不离十。”温晚想了想，“最大的可能性应该是跟某个老挝的大商人有关，但是这个商人手里又有武装力量还对我穷追不舍，我猜应该是我哥哥拒绝了他们某项生意往来，想利用我达到目的。”温婉停顿了一下，她看着柏骞，语气和话里都带着故意的成分，“你也知道，家里有钱困扰就会很多。”

柏骞似乎真的被她逗乐，被烟呛到，咳了起来。

温晚凑过去，轻柔拍了拍他的后背。

“你现在能告诉我，你为什么会出现在这里吗？”

柏骞将烟拧息，拍了拍她细嫩的脸颊。

“不早了睡吧。”

▷▶ 2

折腾了一天，温晚醒来了的时候已经中午十一点，房间内十分昏暗，外面还下着大雨。

温晚动了动身体才意识到全身酸痛，而昨天被枝丫划伤的地方已经抹上的药膏。

她对着一屋的空气笑出了声。

房门被礼貌地打开，住家夫人用不熟练的中文和手势请她去客厅吃饭。

温晚不好意思，笑着从床上爬起来，她走到客厅才发现柏骞已经不在了，她慌张地四处张望，寻找他的身影。

站在温晚面前的住家夫人满脸笑容，“是在找柏吗？”

温晚一愣，慢慢地点了点头。

“新婚真好，刚走开就这么黏。”

温晚脸一红，刚想解释，脑子里想起柏骞昨晚和男主人的交流，可能他就是这么和男主人说的？可能为了掩饰身份？

“我叫拉赛，柏和我家男人出门了，傍晚会回来，午饭就我们俩吃。”

温晚点点头，“谢谢你。”又补充道，“我是阿晚。”

一顿饭下来，温晚和拉赛七七八八聊得差不多了，她这才知道这个森林深处的三口之家的命全是柏骞救出来的。

拉赛看着屋外的大雨，语速很慢，神情像是在回忆，“那天也下着这么大的雨，我当时怀孕六个月，因为吃得不好，肚子也看不出来，我和我家男人出去卖货，也不知道怎么遇到了一伙武装抢劫，我被劫持，他们威胁我男人，如果不把货给他们，就杀了我。那是我们未来半年全部的指望啊，就在这个时候，柏不知道从哪里突然出现，他就像电影里那样把这伙人统统解决了。”她冲着温晚笑了下，“你不知道吧，柏没来之前，我们这个不到一百人的小村落都快消失了，柏不知道从哪里拉来了一家香蕉进出口公司，现在全山几乎都是香蕉树，我们的生活也好了起来。”

温晚仔细听着拉赛说着柏骞的事情，这是她第一次这么接近柏骞的过去。

她觉得柏骞神秘的面纱正一点一点被揭开，怪不得他对这片雨林如此熟悉，怪不得这里的人都对他满怀感激，这是他曾经守护的地方。

温晚抿着唇，眼眶和鼻尖都隐隐泛红，她有些羞涩，感觉心口烫得厉害，想要见柏骞的欲望来得凶猛又不可控制。

拉赛看透她的心思，又笑了笑，“你真幸福，柏是个很好的男人。”

温晚用力地点头，她忽然想起什么，“您的孩子呢？”

拉赛笑笑，看了眼挂在墙上的钟，“快回来了。”

说话的工夫，温晚身后的大门就被打开了，一个长得和拉赛有七八分像的女人，带着五六岁的孩子走了进来。

“这是我妹妹拉琪。”拉赛冲着孩子招了招手，“雅颂过来。”

雅颂跑过来，有些怯意地看着温晚，“……姐……姐。”

他说中文非常吃力，温晚有些惊讶，看向拉赛的目光带了些敬佩。

拉赛说：“我妈妈是中国人，我也是中国人，我的儿子是中国人，中国话可以说得不好，但不能不会说。”

温晚的鼻尖又开始隐隐泛酸，她在异国生活学习多年，遇到的华裔不在少数，能有拉赛这样坚持的实在是少。

拉赛心里有对祖国的认同和不能磨灭的信仰，哪怕她生活在这片终日不见阳光的雨林里，一辈子都回不了她的故乡。

温晚发现拉赛的妹妹拉琪似乎对她有很强的敌意，这个敌意等柏骞回来的时候她才知道的。

拉琪今年不过18岁，每次看柏骞的目光害羞又爱慕，温晚在她身上好像看到了自己。

晚饭的时候，拉琪倔强地抢了柏骞身边的位置，还挑衅地看了温晚一眼。

拉赛不好意思地笑着，训斥拉琪，“快过来。”

拉琪端着碗用力摇了摇头。

“没事，让拉琪坐吧。”温晚看了柏骞一眼，“喜欢柏的人太多了。”

拉赛笑出声，赞同地点头，“哪个女人不爱柏啊，哪怕是我们这个小村落，柏是每个女人心里的完美情人。”

温晚本来说那话是故意调侃他，没想到居然事实比想象中还要夸张。

她放下碗筷，看向柏骞，表情严肃又认真，“你可不能红杏出墙。”

柏骞的目光淡淡地扫了她一眼，筷子没停，所有人的目光都聚集在他身上，而他却一点儿都没有发觉，随意地“嗯”了一声，算是对她的回答。

拉琪撇了撇嘴，放下碗筷，跑了出去。

温晚突然有些愧疚，拉赛一家却习以为常，“大家继续吃饭，拉琪就这样，一生气就跑。”

话是这么说，但是温晚心里还是担心。

晚饭后，柏骞和家里的两个男子不知用老挝语在聊些什么，拉赛在收拾东西。

温晚就在门口不停地走着，不时看向远处，天已经完全黑了，四周黑压压的一片，偶尔传来一两声动物的叫声，她不知是什么动物，可心里却充满敬畏和恐惧。

不远处的树下有个黑色的阴影，已经在那里很久了。

温晚撑着伞走过去，无声无息地将伞举在她头上。

温晚说："怎么不撑伞，都湿了。"

拉琪转了个身，不想和温晚说话。

温晚也不在意，也将伞收了，坐在她旁边的石块上。

"我知道你的心情，刚刚是我不对，你别生气了好不好。"

拉琪似乎不明白她话里的意思。

温晚笑笑："我和你一样都喜欢柏呀。"

拉琪终于说话："……不一样。"

"哪里不一样？"温晚问。

"你长得美。"拉琪皱着眉，一个字一个字地说，不想承认的样子。

"哈哈哈哈，真的吗？"温晚看着她，她是真的喜欢拉琪，可能是深山的原因，明明已经是十八岁的大姑娘了，心智却非常单纯。

"可是长得美，也不能让喜欢的人一定喜欢你呀，而且还有人长得更美。"

拉琪不明白，眼前的这个人已经是她见过最美的人了，她好像雨林里最纯净的一汪水，月牙一样的眼睛，白雪一样干净的肌肤，甜美的笑容，清甜的嗓音，每一样都是她羡慕的。

如果，如果她也能这么好看的话，柏骞哥哥就会喜欢她了。

温晚摸了摸拉琪的头，“我们的拉琪会遇到真正喜欢也喜欢你的人，他是不会在意你的美或丑的，现在我们回去好不好，听姐姐的话，你这样会生病的。”

倔强的拉琪终于同意回家，在门口正巧遇到柏骞，拉琪停下脚步，眼睛直直地盯着他，声音很大，“我喜欢你！”

站在拉琪身后的温晚愣住，这突如其来的告白让她没有一点儿防备。

柏骞随意地点了点头，没有一点儿惊讶。

拉琪也不泄气，又说了一句，“我会一直喜欢你的。”

温晚看着跑回房间的拉琪，这小姑娘真的一点儿都不将她放在眼里啊。

柏骞看着温晚的脸色，“知心姐姐没做好，反被挖了墙角？”

温晚刚想反驳，又眯眼笑，“你是我的墙角吗？”

▹▸ 3

夜里温晚怎么都睡不着，她睁着眼睛看着天花板，柏骞就躺在她身边不到十厘米处，她甚至能听见他清浅的呼吸声。不知从什么时候开始，她已经习惯了和这个男人同床共枕。

白天拉赛的话划过脑海，温晚翻了翻身，又想起舒泰的话，越发坚信自己的判断，这个人怎么可能是会叛变自己信仰的人。

“快睡。”

一直没动的人突然出声，吓得温晚全身一颤。

“睡不着。”温晚是真的睡不着，明天的逃荒之路，她很迷茫，是否能够顺利她想都不敢想。

柏骞转了个身，强势地将她搂进怀里，温晚的脸完完全全靠在他的胸前，耳边是他强劲有力的心跳声。

她手指不老实地在他身上乱碰，柏骞抓住她的手，将她搂得更紧了。

“睡，下一觉比你想象中还要晚。”

温晚低低应了一声，柏骞身上有让人心安的味道。

迷迷糊糊，一夜就这么过去了。

第二天难得没下雨，但依旧有风。

温晚醒的时候天还没亮，房门被打开，她惊慌而又迷糊地看着那个人影。

“怎么了……”她话还没说完，就被柏骞打断。

“我们马上就要走。”

快速且危急的字眼，吹散了温晚满心的温情脉脉。

温晚心底一颤，下意识看向柏骞，“好。”她这才看见他背了个很大的包，“你一大早出去是为了准备东西？”

柏骞“嗯”了一声，忽然走到床边，摸了下她的头发，力度很轻，有很强烈的安抚意味。

“阿晚。”

这是他第一次叫温晚的名字，声音很淡，外面虫鸣鸟叫异常吵闹，他身上带着未干的露水，她的心跳大得不得了。

温晚抬着头看着他，白炽灯的光亮得晃眼，他整个人仿佛是虚幻的，让人产生半梦半醒的错觉。

他的声音仿若从很遥远的草原传来。

“记住，再苦再累都不要哭。”

温晚鼻尖发酸，过了半晌才狠狠地点了点头。

柏骞递给她一件裤装，然后递给她一把刀。

“下面的路，没有同情，只有生死。”

温晚点头，将刀放进贴身的口袋里，跟着他下楼去。

拉赛一家站在楼下，递给温晚水和食物。

温晚感激地接过，拉赛凑近温晚，在她耳边说：“注意安全，好好爱柏。”

活着，和爱人一起活着。

温晚一愣，随即笑着点头。

他们出了村庄，一路向西。

在这里抬头不见蓝天，低头满眼苔藓，密不透风的林中潮湿闷热，脚下到处湿滑。

温晚看着走在自己身边的柏骞，突然笑出声来，他疑惑地看过来。

温晚仰着头眯着眼望着他，“以前工作学习太忙，连综艺节目都没时间看，没想到现在居然有机会亲自体验，你看我现在就是跟着柏骞去冒险。”

柏骞笑笑，抓住她正在发抖的手，轻声道：“别怕。”

温晚小声反驳：“我没怕啊。”

她只是有一点儿害怕。

前方的路越来越难走，柏骞提着砍刀劈开前方的枝枝蔓蔓。温晚帮不上忙，躲在他身后，免得被擦伤。

雨林里的天气阴晴不定，一场雨后，缠着树干的藤蔓像是吸足了水，柔韧粗长，柏骞顾不得混着雨的汗水，眼睛亮了。

“或许可以这样……”

他的低语淹没在嘈杂的虫鸣声里，温晚没听清楚：“什么？”

“天色不早了，休息吧。”柏骞站在一棵树前，将包扔上枝头，“会爬树吗？”

温晚犹豫着吞了口唾沫，不知道是不是该说实话。

柏骞从她的神色里看出端倪，径自蹲下身，用眼神示意她：“上来。”

温晚不说话，尴尬地爬了上去。

柏骞的肩很宽，温晚搂着他的脖子，半含着胸，有些不好意思。在她的印象里，似乎只有父亲背过她，心里又有些意料之外的喜悦。

叶梢的一滴水珠落在她的鼻尖，顺着她的脸颊滑落。温晚下意识地往前凑了凑，等柏骞的动作顿了顿，她才意识到贴得太近了。

“别动。”

柏骞的声音闷闷的，混合着浓重的水汽，隐隐回响。

温晚一惊，连脖子都不敢缩。

“看到旁边的枝条了吗？”

听到柏骞的声音，温晚抬起头：“看到了。”

“能爬上去吗？”

“我试试……”温晚一手扶着柏骞的肩，一手小心翼翼地向上探，“还差一点儿……”

柏骞微微侧身，温晚借力手脚并用，终于抱着树干坐上了枝头。

没等她看清周围，柏骞翻身到了她的身侧：“下面太危险了，晚上就在这里休息吧。”

柏骞选的是主干一分为二的粗枝丫，温晚稳稳地坐在上面，有些担心晚上睡着时一翻身就摔下去。柏骞倒是很灵活，顺手摘下一个果子：“吃点东西。”

温晚点点头，她对这些野生果子不是很懂，但她很信任柏骞。

果子有些涩涩的，除了点儿水分什么都没有。

柏骞是了解她的，现在的她，连啃个果子都很费力，干粮什么的完全吃不下去。

天色一点点暗下来，温晚感到困倦，这才意识到赶了这么久的路，他们还没怎么休息过。闭上眼，也不管身后的枝干摩挲着皮肤，温晚昏昏沉沉地抛却意识，很快就睡着了。

柏骞看着她的睡颜，眼底毫无倦意。

他没想到他会带着她到了这里，也没想过她跟着他可以坚持那么久。他的本意是将她丢在拉塞的村子里，所以一开始他的目的地就是那里。谁知道她竟然这么坚持地跟着他，倒让他自己断了后路。

她……为什么非要这么犟。

夜半，温晚被窸窸窣窣的声音惊醒。暗灰色的林间，她隐隐看见柏骞靠着树干养神，他头顶上方有一点莹绿色若隐若现。

她低低地“啊”了一声，柏骞睁开眼：“怎么了？”

“你……上面，在发光……”

温晚指着柏骞头顶上方，声音有些颤抖。

柏骞没有动，低声提醒温晚：“不要动。”

温晚立即僵住了，她清清楚楚地看到，柏骞头顶垂下来的，是条蛇。

而那点莹绿色便是从蛇的口中发出的。

是要等它爬过去吗？

温晚默默地想着，不敢出声。

谁料一直安静坐着的柏骞，突然一跃而起，直抓那蛇的七寸。看着他手中垂藤的蛇，温晚仍无法从中脱出。

“傻了吗？”柏骞伸手在她眼前晃了晃，“要不要烤了给你补补？”

温晚往后缩了缩，摇头：“不要，会引起火灾的。”

“真是可惜。”

柏骞笑了笑，将蛇扔了出去。

温晚心有余悸地松了口气，靠着树丫：“睡不着了，来聊聊天吧。”

“好。”

温晚看着柏骞袖长的手指，想起初见时他叼着的俄罗斯风情，问道：“有烟吗？”

“会着火的。”

柏骞的回答，似乎在回应她之前的傲娇。

真是个聊天终结者……

温晚耸肩，又问：“为什么只抽俄罗斯风情？”

“便宜。”

柏骞答得平常，温晚听着辛酸：“过得很苦？”

“嗯。”

温晚一时不知该如何继续。

她想过柏骞的很多回答，也想过该如何继续问下去。只是，她没想到柏骞会这样坦然地应答她，但仔细想想，这似乎又是最符合他脾气的回答。

温晚不再说话，抬头看向头顶，自从手机关机后，她就不知道时间。此时的她睡意全无，黎明的水雾一点点升腾起来，像极了柏骞的俄罗斯风情散发的气息。

温晚，你这是中毒了……

温晚无力地笑了笑。

她心心念念了那么久的人就在身侧，她怎么能睡着，怎么会睡着。

伸出手，她握住一手的空虚，仿佛有朝一日，柏骞也会像这水汽一般，眼睛看得明明白白，却触碰不得，稍稍晃荡便散了。

“认识米纳？”柏骞突然问。

温晚摇摇头，仰着头望向柏骞，心里推测着他突然问出的目的……

“你觉得一直追我们的人是米纳？”温晚突然想到什么，她看向柏骞的眼神有些变化，追她的人，他是怎么知道是谁的。

回想那天在公路上，时间点掐得刚刚好的解救。

柏骞的目光没有丝毫回避，看着她，用肯定的语气说：“又觉得我不是好人了。”

温晚抿着唇，忽然想到在来时的大巴上，钟夜星追问她喜欢的究竟是什么样的人时，听到是个年纪比她大的有故事的男人时感叹道。

“大叔除了心都是软的。”

温晚当时没有反应过来，现在回想这个黄段子，似乎也有几分道理。

她头顶忽然被柏骞轻柔地拍过，温晚有些意外，心跳又加速起来，她觉得喜欢这种感觉太过霸道，总是能随时随地侵蚀掉别的情绪。

就如此时此刻的她，只要柏骞轻微的一些举动就能让她丢盔弃甲。

“米……”温晚准备询问这个叫米纳的人究竟是谁，就被他打断，“既然睡不着，就早些走吧。”

温晚将话吞了回去，点点头，刚抬头就见柏骞手中不知何时多了块板子。

昨夜她瞧见不远处吊着根长索，不知道是做什么的，如今看了柏骞手里的东西，突然明白了。

这是要……溜索吗？

脑海蹦出这个熟悉而陌生的词，温晚不由自主地打了个寒战。

一路奔波，她自然听说过这种交通方式。那时她还感慨过怒族人民生活之艰难，却没想过，她终有一天也要经历一番。

还是在这片陌生的雨林里。

“走路太费事了，这一带曾是探险区，目前已经废弃了。留下了这些索道，会很危险，你害怕吗？”

温晚摇摇头。

害怕如何，不害怕又能如何，她还能一个人留在这里，等待救援吗？

柏骞盯着她的脸看了片刻，看得温晚心虚地抹了抹脸。

“别怕。”

柏骞从她身边侧身而过，丢下这么一句话，听得温晚的心脏漏跳了一拍。

果然，什么都逃不过他的眼睛。

温晚深吸一口气，试图让自己打战的双腿重新站直。就在她放开扶着树干的手准备向前走时，柏骞却突然回过身，温晚没站稳，右脚一绊就要倒栽下去。

柏骞稳稳地抱住她。

隔着薄薄的雨衣，温晚感觉到他皮肤滚烫的温度。她一直觉得他是冷的，表情是冷的，言语是冷的，就连脾气也是冷的。不曾想他的体表有这样滚烫的温度，是不是代表他的心也是这样炽热呢?

“我带你过去。”

柏骞握住她的手，将挂好的溜板递到她的手中：“你等会儿握住这个，其他的交给我。”

“好。”

温晚的嗓音哑哑的，不知不觉，汗渗满额头。

他就在我身后呢……

温晚默默地想。

他会保护我的，会的。

▹▸ 4

温晚的手握成拳，不敢占太多地方。随后，她感到柏骞的手握在她的手边，宽大、温暖。

“要出发了。”

柏骞的声音随风而散，温晚只觉一阵疾风刮过，回过神来时，脚下已经悬空。

她不敢往下看，又没有胆子望天，只能向远方看去。

天色已经大亮，雨林苍苍一片，风过林声凛冽，脚下飘忽，恍若在云巅。

溜板划过铁索，声音尖利如长啸，温晚还没反应过来，便已经站在了对面的树梢上。

几个小时前，她还在林间艰难前行。短短一夜后，她竟“飞渡”了这片林子，纵使双脚还有些轻飘飘的，心里却觉得突破了。

待她站定，才发现柏骞不在她身后。一回头，不禁倒吸了一口凉气。她这才发现，身后的铁索不知何时断裂了，柏骞在树下冲她挥手。

毕竟是废弃的索道，风吹日晒又没有维护，说断就断也是常事……

她对着断裂的索道仍心有余悸，下面却传来柏骞的声音。

“跳下来。”他说。

温晚愣了愣，旋即闭上眼，纵身一跃……

跳吧，跳吧。

反正有那么多回快死了，也不差这一回。

柏骞稳稳地接住了她：“这么视死如归做什么，是对我没信心，还是对自己的体重绝望了？”

难得说那么多字，还是这么噎死人的一句，温晚对他尬聊的本事也是服气的。

挣扎着离开他，温晚整了整雨衣，一脚深一脚浅地踏上泥泞的土地。

走着走着，温晚感觉哪里不对，本来密集茂密的雨林突然稀疏起来，身旁多了几个木桩，上面的断面还是新鲜的。头顶也不知何时出现一片光，扫得沾满雨水的叶子闪闪发光，翠绿得让人睁不开眼。

温晚猛地站住，“这里有点……古怪……”

柏骞停住脚步问：“哪里？”

温晚没开口，抿着唇在推测他是真不知道还是在试探她。

柏骞回过头，用目光示意她回答。温晚拗不过他的目光，只能如实答了：“我发现这里的树木少了。”

“这片热带雨林是南坎河支流的无人区，存在盗伐的现象很正常。”柏骞点点头，语气无奈，“为了生存，什么事干不出来，有些事不是我们管得了的。”

“你们不管，我们会管。”

一个冷硬的声音突然传来，温晚和柏骞都吓了一跳。一个有着浓密络腮胡的男人出现在他们眼前，看起来并不像老挝当地人的长相，中文听起来非常生硬。

男人的警戒心非常高，他用排斥的眼神看着温晚和柏骞，“你们是谁？”

柏骞不着痕迹地挡在温晚身前，黑色的眸子显得神秘莫测，他没有回答男人的问题，反而问道：“你是谁？”

“这一带护林的志愿者。我叫冯维希，来自老挝西部。”

柏骞随意点头，似乎相信了冯维希的话，脸上表情放松了一些，拉住温晚的手，嘴角多了一抹宠爱的笑。

没说一句话，但意思却非常明显。

可冯维希也不是好糊弄的：“你们不是护林人，也不像探险者，为什么会在这里？”

“我……我是医生。”温晚紧张地舔了下唇，“我们和医疗队走散了，误入了这片雨林，并且迷路了。”

“是吗？”冯维希的眼里闪动着光，显然他并不相信温晚，但也没有直接戳穿，“既然你们要走出这里，我可以带你们一段，但是你们必须尽快离开这里。”

“好。”

温晚松了口气，庆幸今晚的食宿有着落了。这一路柏骞虽然没饿着她，但完全没有安安分分吃饭和睡觉的时候，昨晚的树皮硌得她背疼，她也只能忍了。

柏骞的神情却有些严肃。

“怎么了？”

温晚压低声音问柏骞，她突然很奇怪这个号称来自老挝西部的护林人为什么会懂中文。她心里突然有个不好的感觉，脚步慢了下来，余光似有似无地看向柏骞。

“感觉他有些眼熟。”柏骞微微阖眸，“似乎在哪里见过。”

温晚脸色惨白，不敢多问，她敏锐地觉察到冯维希即使背对着他们也在暗暗观察着，于是立即不作声了，只好安静地跟着。

他们在一间小屋前停下，冯维希介绍：“这是我们护林志愿者的据点，现在我的同事都不在，等天黑了就会回来的。”

温晚在床前的一张小马扎上坐下，柏骞的目光则落在通铺的凌乱的被褥上。

“我们都是男人，平时也没好好收拾过……”冯维希注意到柏骞的目光，不好意思地挠了挠头。

温晚摇头表示没什么，柏骞则破天荒地配合了一下：“平日里我也这样。”

百分之百的谎言。

温晚愈发确信这个冯维希有问题了。

柏骞这人平时话不多，但说出的几乎都是真话，像这样撒谎还是第一次。

如今的她，虽然不会随随便便就把对方认定为坏人，但也不会轻易相信他人。

冯维希听了柏骞的话，似乎松了口气：“你们在这里坐一会儿，我再出去转转，今天的工作还没完成。”

他一面说着，一面重重地关上了门。

只听“砰”的一声，温晚的心也跟着颤了颤。没窗的木屋一下子暗了下来，温晚有些不安：“我去看看。”

她站起身，向门口走去。她觉得这个冯维希太怪异了，关门就关门，还这么大声，里面又不是没人搭把手。

再加上把他们两个陌生人这样丢在房间里，也不觉得失礼。

“别看了。”柏骞说，“锁上了。”

“什么锁？”

“外面的锁。”柏骞解释，“刚刚进门时我注意到门上有一块比其他地方要淡些，看形状像是一把锁，应该是从外面上锁的。”

“可是我刚刚没听到他上锁的声音……”温晚弱弱地解释。

“这里很嘈杂，你听不到也正常。”柏骞点头，言语笃定，“我听到了。”

“这……”温晚环顾四周，“这里又没窗，我们该怎么出去？”

“走屋顶啊。”

柏骞搬了张椅子，搭在床上，掏出他一路用的折叠砍刀，径直往顶棚上砍去。

顶棚晃了晃，木屑簌簌地掉。

“把那根木棍拿来。”柏骞对温晚说道。

温晚照做了。

柏骞接过，狠狠往顶上一捅，顶棚被掀开个口子。

“从这里爬出去。”柏骞扔掉棍子，向温晚伸过手，“我托你上去。”

温晚也不甘示弱，经过了树上的一夜和溜索后，她已经无所畏惧。无论柏骞说什么，她都能做到。

她很顺利地从顶上爬了出去，柏骞也跟着出来了。

“那个冯维希是什么人？”温晚走远后才敢问，“为什么说对他熟悉？”

“如果我没记错，他应该是非法盗伐珍稀树木的逃犯。”柏骞不想说太多却又不得不解释，因此言辞有些含糊，“我见过他的相片。”

“那……那些真的志愿者呢？”

“可能被关到其他地方去了。”柏骞放眼望去，“这一带没什么能藏人的地方，可能被藏到了那里的山洞。”

“那个……”温晚掰着手指，“这算非法拘禁吧……”

柏骞瞥了她一眼，眼里有些笑意：“想去救人了？”

温晚点点头，她有些紧张，不知自己的决定是对还是错，她仔细地看着柏骞，不放过他任何一点儿细微的表情变化。

柏骞的神情未变，只是看她的眼眸又深了一些，“那走吧，正好那里也是我们出去的必经之路。”

柏骞所指的山不是很远，走路也就半个小时左右。他和温晚躲在后山里，瞅了瞅四下无人，才敢悄悄潜进洞中。

没走多远，他们果然瞧见两个被捆住的人。他们看起来脏兮兮的，衣服上隐约能瞧见“volunteer”的字样。

看来这才是真的志愿者。

柏骞掏出刀，替他们松了绑：“废话不多说，我们要尽快离开这里。”

两位得救的志愿者有些蒙，经历过“好人”的捆绑和关押，眼下对人性和信任都是悲观的。

所幸温晚足够有耐心，让他们明白了此时的处境。

“他们很快就会回来。”一位志愿者回答，“你们得赶快离开这里，我们知道有条离开热带雨林的近路。”

“那你们怎么办呢？”温晚有些担心地问，“还留在这里？”

“当然不会。”志愿者回答，“冯维希确实是有名的盗伐盗猎分子，我们本想报警的，却被他们抓住，现在要想办法阻止他们。”

“如果真的不远的话，出去报警应该没问题。”柏骞看了眼洞外，抬手示意他们过来，“这里也有没信号。”

“是的。”志愿者跟着柏骞，“走左边那条路，可以省一半的路程。如果足够幸运的话，我们天黑前就能出去。”

温晚站在柏骞身侧，默默祈祷不要再下雨了。

所经之处，触目惊心。

本该是茂密的林区，此时只剩下一片片的树桩。温晚清楚地记得她之前栖身的那棵树，而眼前的树桩，要比那棵树的树干粗得多，志愿者告诉她，这棵树已经上百年了，且成长起来极不容易，但就这样被砍伐了。

他们在天黑前，终于走出了这片区域。

▷▶ 5

“这里……”温晚震惊地看着眼前的情景。

这是雨林中心的村落，四周被雨林环绕，夕阳所剩的残余阳光全都毫不保留地照射在这片狭小的土地上。

这里所有人皮肤黝黑，骨瘦嶙峋，因为身体太瘦，显得脑袋格外大，十分突兀地安在身体上。

站在屋檐下的男孩看到温晚和柏骞身后背着的包，眼睛一亮，快速跑过来，一下子抱住了温晚的腿。

男孩仰着头，被雨季洗刷过的眼睛格外澄澈，用老挝语问道：“姐姐有吃的吗？”

温晚听不懂老挝语，求助地看向柏骞。

柏骞摸了摸孩子的头，将男孩抱起来，“姐姐什么都没有。”

温晚虽然听不懂，但也大致猜了七八成。

这里穷困落后，只能依赖最原始的生产来维持生活，但四周都是荒地，必定常年饥荒。

温晚抿着唇，看着他们用期盼的眼神看着她，忽然有些不忍。

她包里还有水和食物，但……

柏骞的话响在耳边，“这里没有同情，只有生死。”

但……

温晚看着柏骞怀里的孩子，他看起来不过五六岁的模样，皮包着骨，瘦得可怕。

柏骞表情没变，眼里的目光也没变，正如这一路所经历的，他不仅冷漠，更是漠视这一切。

他熟悉这里的每一条路，每一棵树，他似乎从这里生长的一样。

“……真的没有同情吗？”她小声地呢喃。

“你给了他食物，不仅害了他，还害了你自己，这里的人连作为人最基本的原则都没有，只是长着人躯壳的动物而已。”柏骞冷漠的嗓音吐出更为冰冷的字眼。

温晚看着他，眼神里有不解有疑惑更多的是惊讶。

她不敢相信柏骞居然会说出这样的话，这一路上，她见过他救过动物，怜惜植物，而现在这样绝情到可怕还是第一次见。

柏骞轻易将她看透，“你知道这是哪里吗？”

温晚摇摇头，他们一路向西，为了怕追踪连手机都没开，她根本不知道现在身处何地。

“这是老挝和缅甸的交界处，这附近是南坎河支流的无人区，这里的人集体种植和吸食毒品，你能想象的所有不能发生的事情，在这里每一秒都会发生。”柏骞举起小男孩的胳膊，上面有着大小不一密集的针孔。

温晚深深吸了一口气，她看着这些针孔，可能因为没经过消毒，周围都长了可怕的脓包。

她从包里快速翻出一副一次性手套，凑近仔细看了下小男孩的情况，手扶在男孩额头，觉得更不对劲。

“你低点，我觉得不太对。”

柏骞将男孩放下，温晚立刻将自己的额头贴在男孩额头上。

柏骞的眼里闪过一丝惊讶，还来不及阻止就听温晚对他说。

“他在发烧，伤口在化脓，目前初步判断应该是交叉感染。”温晚神情严肃，这肯定不止这个男孩有这种情况。

她放下背包，将里面的急救用品拿出来，对每个人都进行了简单的检查。

百人，居然一个健康的人都没有。

她心底第一次感觉到了有心无力。

柏骞走到她身边，见她脸色惨白，捏了下她的脸。

“怎么？”

温晚猛地抓住他的手，“我们不能见死不救。他们真的会死的。”

“那你救啊。”他说得更为冷漠。

温晚放在两侧的手，紧紧相握，看向柏骞的目光无比坚定，“我会救的。”

温晚留给柏骞的无论如何也会治病救人的信念，不曾有一点儿迟疑。

目前最急切的就是消炎药，她急救箱里所储存的不可能够这么多人使用。

温晚紧张地舔了下唇，只能寄希望于这片雨林里。

“柏骞。”

“嗯？”他望过来。

“我和你一起去找找有没有发霉长毛的植物和水果，我这里没有那么多的青霉素。”

柏骞忽然笑了，温晚紧张地看着他，怕他拒绝。

他伸手用粗糙的指腹摩擦着她细嫩的脸颊，“你不要后悔。”

“如果我不救才会后悔。”她知道这样很危险，可眼前的状况，让她实在无法无视。

柏骞看了她很久，就在温晚以为要被拒绝的时候，听到他轻声说：“好，我帮你。”

这里的情况和危险程度远高于那片雨林，他不敢将温晚放在距自己一米外的地方。

找腐烂植物的路并不顺利，温晚一抬头就见柏骞用着陌生的目光看着她。

温晚吞了下口水，“怎么了？”

“他们身上的疾病比你想象得更多更可怕，艾滋、疟疾、登革热。”柏骞站在树下，依旧不见阳光，林间的风吹过，吹起他翘起的衣角。他似乎站在阳光和黑暗的交界处，是光明又是黑暗，让她捉摸不透。

温晚打了个寒战，往他的方向走近了一步，抬头看向他。

“我是个医生，我毕业后第一份正式的工作是加入国际无国界医生组织，我所分配到的地方就在金三角，我认真研究过这里所有常见的传染病，我虽然不如你了解，但我比你想象中要坚强。救人是我的使命。”

柏骞望着她，他觉得这个女人很蠢，甚至蠢得无可救药。谁都避之如毒蝎的地方，她非要横冲直撞地过来。

人人害怕的疾病，她却自不量力想要去拯救。

“使命。”

“使命。”

柏骞将这两个字放在嘴里念了几遍，似乎觉得极为可笑。

“使命。”

十年前，他第一次听到这个词，也见过一个蠢人，将这两个字视为生命。

“阿晚。”

温晚疑惑地看他，柏骞眼里有一团看不见的迷雾。

“小心点，不要离开我的视线。”

温晚乖巧地点了点头。

夜色深沉。

温晚拿着找到的腐烂发霉的水果，来到一家厨房。

柏骞站在她身后，看着她拿芋和米混合煮汁，他皱了皱眉，大概知道里面的原理，但不确定成功率能有多少。

温晚一转身见他靠得极近，“这么紧张我呀？”自从进了这村子，柏骞似乎成了她的跟班，她走到哪里，他就跟到哪里。

温晚有时候偷偷想，这样也不错，总比之前他总不见人影要好。

柏骞懒懒一笑，倚着墙，从口袋里掏出烟盒，拿了一根叼在嘴里，对她的话并不理睬，或许早就熟悉了她撩人的路数。

有贼心，没贼胆。

温晚见有小朋友进来，刚想开口阻止他抽烟，没想到他自己非常自觉地将烟收了起来。温晚觉得，柏骞一定是个很温柔的人，他能细致地看到每个人，也能不动神色地照顾到每个人。

是白天的那个小男孩儿，他跑进来抓着柏骞的手，眼里全是信任。

“叔叔，我会好吗？”

柏骞蹲下，看着温晚又低头看着他，“会。”

小男孩得到自己想要的答案，开心得一蹦一跳地跑了出去。

温晚问柏骞，“你和他聊什么呢？”

柏骞笑笑，将烟重新点燃，言语轻佻，精神也比刚到这里轻松了许多，“夸你美。”

温晚眼睛一亮，笑着问道："那你多喜欢我一点儿没有？"

他避而不答，将话题一转，"你生日快到了吧。"

"就是明天。"温晚很意外柏骞是怎么知道她生日的。

"你想要什么生日礼物？"

"什么都可以吗？"温晚想了一会儿，她有太多想要的，最后归根结底不过是……

"那我要你……以身相许！"她红着脸不知羞耻地大声说。

他被烟微微呛住，不动神色地看她。

时间仿若在这一分钟停滞。

温晚咬着唇，眼睛盯着他，明明羞得要命，还是要亲眼看到答案。

柏骞将烟头扔掉，嘴角弯了一下，眼里是不明显的笑意。

然后他说："好。"

▷▶ 6

这个"好"究竟是什么意思，温晚将培养基的溶液做好还没琢磨透。

他惜字如金，说了个"好"字后，再也没说任何话。

因为白天温晚给村上所有人都检查了身体，他们将最好的房间让给了温晚和柏骞。

虽说是村里最好的房子，只是建筑比较完整，里面几乎没有家具，只有一张简陋的床。

温晚累了一天刚准备躺下，就听见柏蹇的声音快速从耳边掠过。

“别坐。”

温晚忽然想到什么，她看着柏蹇将包里的压缩睡袋拿出来，铺在上面。

“钻进去睡。”

温晚撇了下嘴巴，嘴巴比脑子快，话立马冒了出来。

“这样你怎么以身相许。”

刚说完，她的脸又烧红了一大半，柏蹇抿着唇，沉默地点起一根烟，温晚直白大胆地看着她，偏偏样子又纯得像高中生。

“温晚。”柏蹇叫她的名字。

屋子里老旧的电灯泡发出即将裂开的声响，忽然“砰”的一声，灯泡就在他们脑袋上方炸裂。

电光火石的瞬间，柏蹇将温晚拥进怀里，“你若睡了我，不止今生今世，你连下辈子都得是我的人。”

霸道到无法让人忽视的话。温晚没说话，只是仰着头亲了下他正在滚动的喉结。

这辈子和下辈子都是你的人。

这么合算的买卖，她怎么能放掉。

屋子里唯一的光亮报废，黑漆漆的一片，稀薄的月光在窗外怎么都不肯进来。

温晚屏住呼吸，睁大眼睛努力辨别柏骞的方向，手指缠着他衣角不肯放手。

温晚执着的东西不多，一是不顾家里反对去东京学医，第二个就是柏骞。

她甚至感谢自己当年的执着，不然如何遇到柏骞。

温晚轻声说："你答应的，我的生日礼物。"

柏骞躺上床，将她拉到自己怀里，一个翻身，温晚整个人都躺在柏骞身上。

他一下一下轻柔地拍打着她的背，温晚不甘心，自己往上拱了拱，将自己的脑袋埋在他的颈窝。

温晚满是委屈的声音："骗子，明明答应我的。"

他闷声笑，胸腔一颤一颤的，觉得她稚气未脱，只有小女孩才会执着和相信这种事情。又觉得她这样可爱的过分，他此刻大概能理解边岩为何这么喜欢她了。

明明是温室里没有受过任何苦难的花朵，却倔得要死，也善良得要命。

"你想过你今天救他们的后果吗？"柏骞轻声问。

温晚摇摇头，她当时只是凭自己的冲动去做那件事。

"很危险，如果青霉素培养的不成功，他们没有获救，他们会毁了你。"柏骞难得和她说了这么字，"这和救那两个志愿者不同，他们没有被逼到绝境，他们有选择的余地，他们觉得如果打不过我就会逃跑。但这里的人不会，他们没有后路毫无顾忌。"

温晚闷闷"嗯"了一声，她知道自己能那么义正词严地救人，是依赖于柏骞在她身边。

她相信柏骞，她觉得柏骞是无所不能的，只要有他在，什么都可以完成。

这样的深夜，他轻声给她分析情势，温晚的心，更加兴奋。她收紧手臂，将柏骞抱得更紧，鼻子和嘴唇在他脖子上蹭来蹭去。

“好喜欢你，好喜欢你，让我睡你吧，睡完就安心了。”

他按住她的脑袋：“别闹。”

温晚咬了他的脖子一口，其实她也知道时间地点都不对，只是这千载难逢的机会，放掉真的好可惜。

“你给我唱个生日歌好不好。”

柏骞将她落在前面的发丝挂到耳后，他会的歌不多，唱的是老挝当地的一个童谣。

温晚很喜欢他的嗓音，尾调有些轻，给人很温柔的样子，说着软调的老挝语时更加温柔。

在温晚快要睡着的时候，柏骞轻轻叫她的名字。

“阿晚。”

“嗯？”

“提取青霉素大概要多久？”

“快的话三天左右。”温晚困得眼睛都睁不开。

柏骞看着她，眉眼之间尽是温柔，他微微抬头，在她的额头上亲了一下。

“注意安全。”

夜还未完全过去，温晚却怎么都睡不着了。

她睁开眼，柏骞不知何时已经不在身旁，心脏控制不住地大幅度跳动，呼吸都谨慎起来。这间黑漆漆的屋子里因为有柏骞，她从未感到害怕，可柏骞突然消失后，这间屋子像是有无数看不见的眼睛在盯着她，那是凶狠又尖锐的目光，每一束都夹杂着让温晚致命的毒。

屋外的风声忽然大了，更像是人的呼吸声，又热又腥，带着污垢。

温晚平躺在床上，耳边传来越来越大的风声，她双手紧握放在腹前，不知是不是错觉，她总觉得这屋里不止她一人，有一个黑影覆在她头上。

温晚觉得不对，连忙拿出放在枕头下的匕首，刚拿到手就被那个黑影打掉，落在她后脖颈处。

猝不及防的疼痛，温晚陷入了无边的黑暗。

▹▸ 7

匕首摔落在地板上，声响瞬间被吞没。

温晚醒来时，被结结实实地捆在一根桩子上。她面前燃着熊熊的篝火，一群半裸的男人，身上文着怪异的图腾，说着她听不懂的话，像是来自自然的声音。

屋内一片贫瘠，除了远处的门，唯一的出口就是远处的高窗。外面夜深，却格外宁静，很久不见的月亮此刻也格外得亮，像是脱掉了那层朦胧的薄纱，抹上了艳丽的妆容。

温晚咬着唇，小心翼翼地打量着面前诡异的场景，她努力地压抑着不断扩散的恐惧。东南亚一些带着传奇恐怖色彩的传闻在她脑子里穿过。

不会……

真的有食人族吧……

温晚的瞳孔放大，呼吸不禁屏住。

在和他人之前的交谈中，她是听说过这一带常有人莫名消失，几天后在不远处发现人骨一样的残骸。

曾有人怀疑是野兽，但现在温晚突然有了大胆的想法。

会不会……就是被这些人吃了？

雨林里的食物虽不算少，但也是靠天吃饭的。对于有食人习俗的部落而言，偶尔抓到个活人，恐怕会当成大自然的馈赠。

不行，必须想办法离开这里。

活着是一切的基础。

还有人在等着她，以及还没完成的青霉素……

“青霉素”三个字从她脑海中一闪而过时，温晚突然古怪地笑了笑。

什么时候她这么敬业了。

也许是因为她坚信柏骞会找到她，所以对死亡无所畏惧？

也许是因为她和柏骞逃亡至今相守至此已了无遗憾？

不对，遗憾还是有的……

温晚动了动胳膊，发现被捆得很结实。桩子的表面摩挲着她的皮肤，火辣辣的疼痛感控诉着这场突如其来的酷刑。

也许她安静乖巧的表现和毫无威胁的体格让部落的人放松了警惕，时至下半夜，说话声渐渐低了下去，此起彼伏的鼾声响了起来。

匕首掉在房间里，要是带出来该有多好……

温晚默默地想着，四下寻找能解脱的方法，却又不敢有大幅度动作，以免惊动了那些人。

她的手指在地面上缓慢地移动，摸索着任何能够拿来使用的工具。

忽地，指尖一痛。

在被铁片扎破指尖的那一瞬间，她彻底清醒了过来。

血的味道在夜里弥漫开来。

温晚顾不上许多，反手开始一点点割绳子。

绳子是用藤蔓编成的，弹性和韧性都很好，温晚割了许久，不见半点儿松动，反而手被划了好几次。

掌心一团湿，分不清是汗是血。

偶尔有人翻身，温晚本能地吓一跳，但听到鼾声再起，这才稍稍放松下来。

天边渐渐泛起鱼肚白，温晚也感觉到了绳子的松动。

就要成功了，趁他们醒来之前……

一阵恼人的嘈杂打断了她的思绪，也惊醒了看守她的人。温晚可以移动也不敢动，心里泛起一阵恼恨。

谁来得这么不是时候……

但很快，她意识到情况好像有些不对。

一声长啸之后，他们纷纷拿起磨得锋利的石茅，一副备战的状态，大家暂时忘记了她，连她已经悄悄挣开了绳子都不知道。

不会是有什么野兽入侵吧?

温晚小心地挪了两步，确定没人注意到她，这才拔腿跑进了密林里。指尖的伤口已经自行凝结，不至于散发出血腥味。

她知道自己跑不远，也弄不清方向，只能尽量往能藏身的林中跑去。

很快，她意识到不是野兽。

她听到了枪声!

这种原始部落哪来的枪声?

她不清楚对方是敌是友，但还是鬼使神差地向枪声的地方挪去。

起码对方是文明社会的人吧?

被一枪打死也比被吃掉好多了。

而且她感觉自己应该不至于会死……她还有半成的青霉素……

在这种人迹罕至的热带雨林里，药物多总比少要好，就算制药失败了，她还能再活三天。

三天……足够了。

这么想着，她的脚步逐渐加快了。锋利如刀的草叶割在她的身上，她也感觉不到疼，希望是她所有的力量。

隔着林木草叶，她看到原始部落的人停住了脚步，脸上充满迷惘。

再往前走，神情逐渐变成了惊愕。

再往前，她看到一群人匍匐在地。

最前方，她看到似乎是领头的人跪在地上。他的对面，有人握着手枪，枪口朝天，还弥漫着未曾散去的白烟。

那人的背后，朝阳正在冉冉升起。阳光落在他的头发上、身上，为他镶上淡金的边。晨风里，那人的身影高大俊朗，恍如天神。

柏骞。

温晚停住了脚步。

她感觉自己的眼泪掉了下来。

柏骞的背后，是她曾经救过的部落。

被她救过的男孩正贴在柏骞的腿边，纵然脸色苍白，神情却是坚毅的。

也许他们是被柏骞所震慑。

也许他们觉得她能救他们的命。

但无论怎样，她觉得自己走这一趟，值了。

双方就这样对峙着，然后柏骞开口了。

温晚不知道他说了什么，不全是老挝语，和她听到的原始部落的语言也有区别。

但双方似乎听懂了。

原始部落的头领起初还有些犹豫，但是不知道柏骞说了什么，对方沉思片刻，最终还是点了头。

头领转过身，似乎是在差人去找她。

温晚觉得是时候站出来了。

她抬腿要走出树林时，眼前突然一黑。

失去意识之前，她想到自己要是就这么晕倒了，就真的没人能找到了。于是，她用尽全身力气，发出她能发出的最大声音：

“柏骞。”

她听到周围的脚步声变得嘈杂起来。

她似乎看见柏骞向她这边转过头来。

她想睁大眼睛确认一下。

却眼前一黑。

青草味在她的鼻尖弥漫，她什么都不知道了。

等她醒来时，正躺在一张简易的床上，柏骞坐在她身边，眼窝深陷，神情肃穆。

“你没睡吗……”

一开口就是脱水沙哑的嗓音，温晚立即捂上嘴，但见柏骞递来一杯水，声音低沉却干净：“稍微休息了会儿。”

她身上的伤口已经得到了很好的清理，包括一些擦伤，也已经用酒精擦拭过，伤口仍旧火辣辣地疼。

“我们还在……那里？”

温晚不知该如何称呼原始部落，只能用“这里”“那里”作简单的区分。

柏骞点点头：“刚刚讲清楚了，他们绑你过来是想让你帮忙治病的。不知是谁将你在制备青霉素的消息传到了这里，反正以讹传讹，他们都认为你能做出治病的神药。”

▹▸ 8

温晚愣了一下，她知道这类部落是十分原始的，甚至还有些原始的迷信，被他们奉为神十分容易。

但被他们打入地狱呢？

也同样容易。

“这两个部落积怨已久，这次算是因为你彻底开战了。”柏骞的神情里带了些似笑非笑的意味，“我该怎么说你呢？红颜祸水小姐？”

温晚闭上眼装死，全身还泛着酸痛感，长久以来的疲劳过度原封不动席卷而来。身下又硬又不平的板床似乎也变得格外舒服，环境确实能够改变一个人。

不知过了多久，她听到柏骞轻轻地一声叹息：“但也托你的福，这么多年来，这两个部落第一次坐下来好好地谈了谈。”

“他们和解了？”温晚睁开眼。

柏骞用“怎么可能”的眼神看着她。

温晚自知失言，默默地低下头，突然猛地爬起来急忙往外跑去：“我去看看我的青霉素们。”

她特地加了“们”，柏骞觉得有几分滑稽又有几分可爱，就像在形容自己的孩子一般。

但细细想来，青霉素……确实就是她的孩子。

还有时间，所幸柏骞保护得好，没出什么大乱子，就这样三天下来，估摸着应该没问题。

这三天的温晚是焦灼的。

同样焦灼的还有柏骞。

烟已经被他吸完了，他只能摘点草叶卷着过瘾，因而在房中踱来踱去以缓解焦躁的情绪。

他们小小的屋子外，两个部落已经开了几场小小的局部热战。要不是畏惧当初一枪打断部落首领的腿的柏骞，只怕温晚的房门早就被他们踏破了。

第三天，温晚打开滴入了青霉素的葡萄球菌培养皿，发现培养皿中的葡萄球菌有明显地散开，她的腿一软，坐在地上，这几日压在心头的巨石终于落了地。

“柏骞……”她低低地呼唤，“我成功了。”

只是这轻轻的呢喃，便用尽了她所有的气力。

柏骞听见了，却一时没反应过来：“成……成功了？”

温晚点点头。

柏骞没有她料想的那般高兴，他看着温晚的脸色问道：“我们找谁实验呢？”

温晚愣住了。

她显然没想到这一层。

一直以来，她只负责治病救人，却没想过，别人是否愿意相信她。

以往的她在医院里，穿着白大褂，每个人敬她是医生，听从她的安排。

但如今的她呢？不过是个逃难者罢了。

没有任何物件能证明她的身份，她只是个自说自话能治好瘟疫的外乡人而已。

她若没制备出青霉素，他们自然不会相信她。

但她制备出来了，就有人敢用么？

就在她犹豫的时候，柏骞打开了门。

不知道他对外说了什么，温晚很明显地感到四周都静了下来。

不知过了多久，才有一个骨瘦如柴的小男孩，颤颤巍巍地向他走来。

温晚以为是柏骞说动了那个孩子，正心生怜悯时，只见柏骞拿出拔刀，划开了自己的手指，又划破了男孩的手指。

两指相对。

温晚突然明白了他要做什么。

声音破在了喉咙里，她想说“不”，却半个字的音都没发出来。

柏骞又说了些什么，依旧是老挝语，温晚却明白了。

“现在，我同样感染上了瘟疫，就让我来为你们试药吧。”

泪水团聚在她的眼睛里，她却快速地眨了眨眼，不敢让泪水落下来。

哭是最懦弱又无能的表现。

医生是不能有眼泪的。

这是医生的法则。

在她还是实习生时，曾为一个快去世的病人掉了泪，便被带班主任斥责为“哪里像个医生”，从此，她便免疫了一般，无论病人家属在病房里哭成怎样的模样，她只是冷冷地看一眼，然后去救助下一个病人。

而赈灾时，她就更不能流泪了。

她很忙，忙救人。

这个救得下就救，救不下就下一个。遍地都是生命，她没有时间去管个体，只知道与死神赛跑。

但自从遇到柏骞后，她的抗体便失去了作用，泪水一天比一天多。

这对见惯生死的她而言，很反常。

柏骞的状态很不好，当晚便发起烧来，温晚一遍遍为他物理降温，又一遍遍地研究青霉素的配比。柏骞纵然身体强壮，但她一针下去，他会怎样，她也没数。

温晚第一次知道什么叫一脚踩在红尘一脚落在地狱。

她的存在就是将即将落入地狱的人托上尘世，但她一个小小的失误，便是万劫不复。

柏骞的状态很不好，浑身虚汗，连声音都发不出了。

她很害怕……但现实容不得她犹豫。

温晚咬咬牙，将调配好的青霉素溶解给他扎了下去。

还好，那一针后，柏骞并没有出现特别的反应，也许身体底子好，温晚担心的反应没出现，他反倒沉沉地睡着了。

温晚松了口气，擦了擦额头的汗。

看来这几天的努力没有白费。

但她也只是庆幸柏骞没出问题，该做的皮试还是要想办法解决了，毕竟现在也不是青霉素刚出现的时候，纵然条件艰苦，但不做皮试就大规模使用是拿人命在开玩笑。

离开前，她又回头看了眼已经入睡的柏骞。

她突然明白自己免疫失效的缘由。

她见惯了太多为自己伤心、为家人担忧的个体，但像柏骞这样，为陌生人也能付命以待的，从来没有。

或许会有人觉得不值，或许会有人觉得很傻。

但在她最无助的时候，他用他义无反顾的牺牲去实现她的愿望。

如果不是因为他在意她。

那就是因为，他和她有着同样的愿望——

带更多的人离开苦海。

温晚第二天醒得很晚，以至于睁开眼看到柏骞的瞬间一时想不起之前发生过什么。

柏骞的身体素质她真是服气，昨天还病得快死了的他，一针原始青霉素下去，居然第二天就好了。

“这不算什么。”柏骞解释，“我平时不怎么用药，也没得过大病，体内不存在抗药的细菌，青霉素见效快。”

部落里的居民就更没接触过青霉素以外的药物了，青霉素就能救不少人的命。

温晚点点头，但语气里仍有担心和责备：“你搞不清楚状况就和别人血液交换，万一对方有艾滋病呢？你怎么办？”

▷▶ 9

“我还不至于连艾滋病的症状都搞不清楚。”

柏骞习惯性地嘲讽语气让温晚很不舒服，她回应道：“那潜伏期呢？艾滋病又不是能看出来的疾病！”

“好好好……”柏骞的语气软了下来，“是我莽撞了。”

“算你运气好。”温晚瞪了他一眼，忙着去配溶液了。

温晚不知从哪里讨来一身当地的女性服装，肩膀和腿都在外面，发丝软软绾在耳后。柏骞侧躺着看她，在她要逃跑的瞬间拉住了她的手腕。

温晚脚下不稳，一下子摔在了他的身上。柏骞上身赤裸，她手下就是他跳动的心脏。

“怎……怎么了？”温晚看着他突然有些紧张，舌尖往外探了下，轻舔了干涸的唇。

柏骞的手指摩擦着她的嘴角，眼睛一眨不眨地看着她，温晚垂下睫毛，不知要往哪里看。

下巴突然被捏住，她下意识地看过去，下一秒唇舌就被攻占了。

后脑被狠狠抱住，唇被用力地咬了一下，舌头就探了进来，她不自觉往后仰却发现毫无退路。身上的衣服不知何时被褪到胸线以下，胸前一痛，温晚睁开眼睛看向柏骞，这才发现柏骞一直看着她。

他的舌头退了出来，狠狠地在她唇上亲了一下，“好像欺负你一样。”他话里带火，身上更是滚烫。

温晚被他抱着不得动弹，小声反驳：“你本来就在欺负我。”

柏骞笑出声，“这就欺负了啊？”

“我想你欺负我。”温晚立刻接话。

“以后别穿这么少，我的女人只能我看。”他眼眸低下，看着她胸前的白腻肌肤，又看向温晚的脸，“听见没？”

温晚笑了，凑近他，在他唇角亲了一下，“听见了。”

“我的女人。”

她无声重复了这四个字。

心跳异常快。

也异常甜。

温晚的青霉素效果很不错，一些患者渐渐好转起来，但也有一些已是强弩之末，好在由于柏骞的缘故，没人敢苛责于她，一切都进行得有条不紊。

“该走了。”

柏骞补足了供给，催促温晚上路。

温晚心有不舍，但也知道大局。

只是前路漫漫，不知何处才是终点。

温晚笑笑，怕什么，心安处便是吾乡，只要跟着柏骞，苦也甜。

柏骞却没有她那份乐观，他向来是一副谨慎的态度，甚至有些不明白温晚莫名的乐观来自何处，明明她是无忧无虑的大小姐，怎么想都吃不了这份苦。

只是，看着她开心的模样，他的嘴角也会不由自主地上扬。

雨林里的路越来越好走，渐渐明朗起来。温晚走在久违的大路上，有些不适应外面的阳光。

“前面是旅游区，应该有休息的地方，我们住一晚，你也需要换件衣服。”柏骞瞥了她一眼，笑了笑。

温晚看不见自己的模样，可她看得懂柏骞的表情，她鼓着脸不知道要先遮自己还是去遮柏骞的眼睛，“你别看！”她语气着急，可又一想这一路什么难看的模样都被他看见了。

“什么啊……我这样在你心里是不是又减分了，本来长相还可以拿点分的。”温晚撇着嘴，语气里说不出的委屈。

柏骞觉得好笑，捏了下她的脸颊，趁她没在意，快速吻了她。

温晚瞪大眼睛看着他，脸上划过惊喜。

“丑。”

温晚本来亮起来的眼睛又暗淡下去。

柏骞将她抱到怀里，低下头，自己的唇摩擦着她的唇，轻声道：“太丑。”

“丑你也得看。”她咬了下柏骞的唇，看着他不服气地说。

柏骞笑出声，点点头，“嗯，对。”

旅游区的住宿环境与之前的简直天襄之别，而柏骞也一改之前低调的作风，直接走进了一家最为豪华的五星酒店。

温晚摸不透他的路数，跟在他身后，努力忽略那些来自四面八方的打量视线。

“我们这样会不会太高调了。”温晚拉了下柏骞的衣角。

柏骞拿着房卡，脚步愣住，“高调开房？”

温晚的脸一红，决定不管了。

房间是独栋悬在空中的豪华360度景观房，豪华程度比不上1000美金一晚的价格。

温晚四处看了下房间，“这边的老板和你一样黑心。”

柏骞正将上身的衣服脱掉，听到温晚这么说先是一愣，后反应过来，笑着道：“反正有人人傻钱多。”

温晚终于发现了，柏骞在说话这件事上，虽然话不多，但是字字都能堵死人，她不是对手。

发呆的瞬间，柏骞半裸着，将她拽进浴室。

还未反应过来，身上的衣物已经被他褪了干净。

温晚下意识双手遮住胸前，却听见头顶低低的闷笑声。

她仰头看过去，被头顶亮得过分的浴灯迷了眼，火热霸道的吻就这么不期而遇地袭来。

她四肢发软，又不知手该如何放，就在迷茫之际，被他捉住了手，被他带着放在了他坚硬的腹肌上，然后一路向下，手下的灼热让她不禁蜷缩了，刚想逃跑就被他按在上面。

他眼里都是火，呼吸都粗重了几分，唇舌揪着她一遍又一遍地缠绵。

“帮我。”

“我……我不会。”她眯着眼，她怎能抵抗面前的柏骞。

“教你，要认真学。”他口气无比正经，似乎真的在上什么课。

温晚没出声，只是睫毛颤了一下，低眸乖巧的模样，柏骞的心底又被骚动了一下。

“先抓住它。”

“……然后呢。”

“握紧。”

温晚不敢看，按照他说的一步一步来，“然后呢……”

“上下动。”他说完这三个字又卷土重来亲上她。

热，周围都染上白色的雾气，镜子上是雾蒙蒙的水珠。温晚从未和一个人这么亲密地接触，她用力抱住他的脖子，将自己往他怀里送了送，凑到他耳边，轻声道：“喜欢你。”

下面一痛，刚刚才被放开的唇又被攻陷。

“勾引是要付出代价的。”

不知睡了多久，温晚突然从梦中惊醒，身旁还有余热，她翻了个身发现她和柏骞的手机正在桌子上充电。

温晚想起之前柏骞让他关机的模样，现在确实有些诡异。

她站起来，一动就全身酸痛，睡前的情景从脑子里飞过。

还好屋内没人，不然她这红着脸的模样……

手机应该没充多久，但密密麻麻的未接记录和可怕的短信。

温北、舒泰，占了80%……

一个座机让温晚有些意外。

是来自医院的……

而且时间很近。

温晚想不出自己走了这么久，医院还会有什么事通知她。可是越想不出来，心里就越慌。

想来想去，她也顾不得什么危险的定位了，直接打了过去：“你好，我是温晚，之前因为特殊原因没接到电话，请问有什么事吗？”

“那个……警察，死了。”

对方的声音有些颤抖，又说了什么，温晚完全没听进去。

她知道对方说的警察是谁。

可他是个卧底，现在他死了，是不是意味着……

她越想越害怕，决定去找柏骞时，门恰好被打开，柏骞拿着酒店的早餐走了进来。

温晚吓了一跳，见是他又放下心来。

柏骞将早餐递给她，注意到她脸上的异样：“你怎么了？”

温晚抬头看他，一脸的惊慌来不及收拾，一时不知如何说起：“医院说……警察……死了……”

她语无伦次，但柏骞一下子就听懂了：“手机拿来。”

温晚呆呆地把手机递过去，柏骞拨通了电话，和对方简短地讲了几句，便挂断了。回过头，他看着温晚：“你把衣服换了，我们回国。”

“到底怎么回事？”

温晚心里不祥的预感愈发强烈。

“这应该是一起恶性报复凶杀案件。”柏骞一字一顿地回答，“这里已经不安全……这里很危险，回国吧。”

温晚点点头，她忽然想起什么，叫住他：“柏骞。”

她很少叫他的名字，柏骞转过头，一脸如常地看向她。

她抿着唇，眼里多了几分深意，说不出来的那种深意，“那个人叫岳致，你是不是认识。”

这是她来找他的目的，想知道他到底是什么人，为什么一个垂死的卧底会和他有联系。

柏骞走近一步，低头看向她，他应该刚刚抽过烟，身上都是未散去的烟味。

温晚并不喜欢烟味儿，温北每次抽烟她都嫌弃地捏着鼻子逃出去，不知道怎么到他这里就这么蛊惑人心。

柏骞低头看着她，“你还知道什么？”

温晚不说话，却被柏骞捏住下巴，逼迫她看着他。

柏骞突然笑了：“还是说你对我还想知道什么？”

他话里的语气不是很好，温晚立刻摇了摇头，不管不顾地抱住他。

温晚有些怕，怕他要说出的话，她似乎能理解那些她以前嫌弃的被爱情蒙蔽双眼的女人。爱情从来都是盲目的，那个人就是让你一而再再而三地突破底线和放低所有的要求，只要他能在你身边，他能爱你，就是上天给的爱怜。

还能有什么其他的奢求呢。

“我不知道也不想知道。”她紧紧抱着柏骞。

柏骞轻轻拍了下她的背，“准备下，我们10点出发。”

“好。”

“这里还是雨林区，不过是边缘。”柏骞边走边解释，“前面不远处就是公路，再走5公里有个小型的车站，我们可以从那里到市区。”

温晚认真地听着，佩服柏骞的记忆力，更惊讶他对这里地形的熟悉程度。

仅仅一瞬间就把回国规划做好了，她只要在他身边，就永远不会知道什么叫无能为力。

谁料，他们刚走到公路，温晚便迈不动道了。

柏骞注意到她的异常，问：“怎么了？”

温晚用颤抖的声音喊：“哥。”

不远处倚着车的男人抬起眼，长期疲惫使他的黑眼圈格外严重，他皱着眉看着温晚和柏骞，眼神触及柏骞的时候，眉头皱得更深了：“阿晚，过来。”

温晚往后退了两步，躲在柏骞身后。

温北将她的举动收进眼底，走近他们，他自然地和柏骞打招呼：“你就是柏骞？我叫温北，是温晚的哥哥。”

柏骞对他点点头，脸上如常，一言不发，一点儿没将这个如雷贯耳的商界巨鳄放在眼里。

“玩够了？”温北看着温晚问道。

温晚想笑却笑不出，她还是很了解温北的，现在的体贴哥哥的面具是在有外人在场的情况下才带上的。

“温晚，跟我回家。”温北笑着说道，语气里却充满着不容置疑的意味。

温晚摇摇头："……我要救人。"

"你救人？"温北挑挑眉，"一路上只怕都是别人救你吧？为了找你，我把整个老挝雨林都翻了个遍，这么不让人省心，还是早些回家好。"

温晚沉默。

温北说得都对，她有些词穷。

但她不想回去，不想离开柏骞。

她看了眼柏骞，低声叫了下他的名字："柏骞……"

柏骞瞥了她一眼，眼神复杂，却终究什么也没说。

温晚咬了咬唇，心里不知是何滋味，只觉得鼻尖发酸，她心底又有着不切实际的期盼，但柏骞不会将那份期盼变为现实。

她知道她回去要面对什么，此刻对温北的害怕已经不重要，她是真的不想离开柏骞啊。

柏骞怎么不懂温晚此刻在想什么，只是有更重要的事情需要他去做。

▹▸ 10

温北看了温晚一眼，目光里别具深意，柏骞随意站在身边，目光越过温北一直看着远处。

场面慢慢变得不可控了，天空上方又聚集了厚重的乌云，下场暴雨即将到来。

身后泥泞的公路上突然传来刺耳的刹车声。尘土飞扬，费野直接将车停在距离柏骞不到十厘米的地方。

柏骞低眸看着费野从越野车上下来，“速度可以啊。”

费野神情严肃，谨慎地看着温北和温晚，最后才将目光放在柏骞身上。

“你跟我走。”

柏骞二话没说，果断上了车。

闷热的天气骤然有起风的趋势，柏骞后背湿了一大片，温晚还没来得及告别，他们俩已经消失在了视野里。

温北冷笑一声：“这就是让你抛家弃哥的人？真不怎么样。”

温晚瞪了他一眼，嘴巴一撇，脸上终于流露出这一路逃亡所隐藏的害怕和恐惧，还有一丝委屈。

她看起来破烂且肮旧，多年细心保养的白嫩肌肤已经泛红脱皮，毕竟是自己唯一的妹妹，温北虽然生气但还是心疼。

“回家给我好好反省。”

温北头也不回地上了车，搜救队的医护人员快速上前把温晚扶上车，仔细检查了她的身体状况。

费野阴沉着脸快速和柏骞说明情况 “岳致在医院遭到意外，已经没办法了，最多就这两天了，他想在最后见你一面。”

“咳咳……”柏骞猛地被烟呛住，咳起来撕心裂肺，带动着整个身体的五脏六腑。

费野无声地递了一瓶矿泉水给他，脸上很平静。

柏骞偏过头看着车外沉默，滂沱大雨从天而降，击打在两边的树叶上发出唰唰的响声。

他的声音混在雨里格外不真切，“故意谋杀？”

费野“嗯”了一声。

柏骞喉咙发紧，声音低哑，向来情绪不外露的他，多了几分痛苦和愧疚，“是米纳干的？”

“嗯。”

车里陷入了死寂一般，只能听见老旧空调在呼呼作响。

米纳。

柏骞的情绪十分阴沉。

到机场还有一段距离，费野忽然想到什么，突然问：“你什么时候还有空带着女人玩丛林大冒险，你知道那女人是谁吗？”

柏骞靠在座位上，将车前放着的烟抽出一根，咬在嘴里，烟草的味道让他来了精神。

“怎么，我找女人还要先给你打报告？”柏骞脸上露出嘲讽的笑意。

费野冷笑一声：“很好，还有精神和我抬杠。”

温晚被锁在了家里。

温北不允许她出门，她能走出的最长距离，不过是房门到大门。不是饭点的时候她在餐厅多待一秒都要面对刘姨的“告密”，温晚看着将她一手带大的刘姨，除了摇摇头，一句话都说不出口。

一次，她看着刘姨质问：“刘姨，你看着我从小长大，为什么……”

“正是因为这样，我才不能看着小姐去犯傻。”刘姨已经有了她上次离家出走的后遗症，这次对于她任何的风吹草动都非常敏感。

她该如何解释？

说这是爱情？

那样太自私了。

说温北对素未谋面的柏骞有这样的那样的意见纯属偏见？

刘姨一手将她带大，又何尝不是一手将温北带大？

且不说刘姨会不会站在她这边，一旦这话被温北听见了，他该何等心寒？

他可是为了找她将雨林翻了个遍的哥哥啊……

接下来的日子，她乖巧得可怕，也安静得可怕。

温北想象过她可能出现的任何反应——哭闹、求饶、甚至翻窗逃走……

他都一一做好了应对。

可是唯独她的沉默，让他无能为力。

尤其是每晚回到家用餐时，看着她默默地扒饭，扒完就一伸手，刘姨将饭盛好端给她，她依旧低着头，一言不发地继续扒着。

沉默得令人窒息。

“阿晚。”温北斟酌着用词，试图用平静的语气提出自己的观点，“我觉得……”

他的话还没说出口，就对上一双黑曜石般的眼眸，澄澈、冰凉、不带一丝情绪。

温晚很少有这样面无表情的时候，在温北的印象里，她虽不像太阳一般温暖，却也像吹面不寒的杨柳风，总给人温柔的感觉。

然而此刻，温北第一次发觉，她竟然也有成为冷美人的天赋。

是柏骞改变了她？

温北默默地想着，牙根得直痒痒。

温晚是他最心爱的妹妹，对着她那张脸，无论多大的火气他都发不出来。

但是柏骞……

温北觉得是时候让温晚知道一切了。

他推开温晚房间的门，温晚正在看书。

她这次回到家，一开始还会锁着门不知捣鼓些什么，等后来就不锁了，甚至有时候连房门都不关，只虚掩着，大有一副“你不是想看么？那就看个够”的气势。

此时的她坐在飘窗窗台上，手里捧着一本厚厚的医学解剖图册，若不去看书中那些血腥的场面，温北以为这一幕仿佛童话中的公主，穿着漂亮的洋裙，坐在城堡里翻阅绘本。

温北有些头痛，觉得让自己的妹妹学医果然是一个糟糕透顶的决定。

但输人不输阵，他把准备好的档案袋丢在她面前：“我知道你在想什么，但你先看看这个……我想你没有你以为得那么了解柏骞。”

说完，他不去看温晚的反应，径直离开了她的房间。

然而，他不知道，他转过身，温晚突然抬起脸。她藏在硬壳书封下的右手上攥着一把锋利的锉刀条。

温北不知道，她手中的这本是二手书，而书的主人在网上开了家五金店。

温北不知道，温晚虽然开着门，但在门的旁边安装了机关，只要他一靠近她就会知道。

温北不知道，他虽然每天会查她的上网记录，但有一些是被温晚彻底隐藏的。

这些都是她跟着柏骞学到的，如今才得到实践的机会。

柏骞……

一想到这个名字，温晚的心就疼了起来。

他不知道，他的存在已经融进了她的生命里，以至于她的一言一行甚至思维方式都在向他靠近，她练习着他教给她的一切，每一天都以再次见到他为信念而活着。

总有一天……我会见到你的。

她的目光落到了温北给她的厚厚的档案上。

这个是来阻止我见到你的东西吗？

温晚想，嘴角泛起一丝嘲讽的笑。

档案的最上面是份文件，是原本的复印件，看起来原件有些年头了，在新复印的纸张上留下了斑斑点点的墨痕。文字很晦涩，她看了两遍才稍稍有些明白。

“叛徒？”温晚轻轻地念叨着，似乎不是很明白这两个字的意思。

这是在形容柏骞？

她从家里离开，独自一人去老挝就是想寻找答案，而现在温北直接将答案放在她面前。

温晚的目光从叛徒两个字上滑过。

她摇摇头不相信。

如果非说他有什么背叛的……无非就是没在最后没有将她一起带走。

但说真的，他也没有义务把她带走。

这些日子，柏骞带给她的痛已经渐渐痊愈，她反倒有些想念那段和他共同经历的时光。

温晚翻着文档继续看下去。

……两年前的418任务，由柏骞带队。

原来是这样，怪不得他那么厉害。

温晚继续看下去，眉头却深深地蹙了起来。

边岩这个熟悉的字眼跳进眼里。

他害死了边翰？也害死了边岩？

边岩学长……是被他害死的？

老挝客栈柜台旁黑板上的照片，俄罗斯风情的香烟，还有革海的话。

柏骞的禁忌和纪念是因为他害死了边岩？

温晚不信。

边岩温暖的笑容又出现在她的脑海里，这个人给予过的照顾，可能是她一辈子都无法偿还的了。

另一个名字引起了温晚的注意。

岳致。

他究竟为什么会在医院去世。

柏骞在听到他出事的消息后立马决定从酒店离开，而又是那么巧，有一个人找到他。

岳致在医院的死亡和柏骞究竟有没有关系。

温晚的脑子里更乱了，她从飘窗看向外面，只有路灯发出孤零零的光。

眼下已经是七月，雨季彻底来了。

哪怕是半夜都能看见压得低低的乌云。

果然不一会儿，大雨铺天盖地，使这座本就没有酷暑的城市更凉了。

温晚的手机屏幕亮了，舒泰发来的信息。

“听说你被软禁了？”

▷▶ 11

凌晨四点，景洪神石山。大雨下了一夜，反而在天空发白的时候停了下来。

省刑警队一行人低调地给岳致举行了简单的葬礼。

身份特殊，连牺牲都不能风光大葬。

柏骞在一棵树后抽烟，费野过来拍了他一下。

“当年的人就剩下你和我了。”

费野刚想跟他讨一根烟抽，没想到柏骞直接将烟扔掉，脸色冷峻，快步往山下走去，似乎一点儿都不想听费野抒情。

“你难道不想替你死去的兄弟们报仇吗，你要背着那些污名过一辈子吗？柏骞你个懦夫！”

费野在柏骞身后大叫，果不其然，柏骞停下脚步转过身来，目光冷然地看了他一眼。

“激将法对我没用。”

费野笑了，“但是你会去的，因为你还没有背弃你的信仰。”

信仰。

岳致因为信仰，奉献了自己的生命。此刻的景洪是难得的晴天，似乎对于英雄的尊重。

柏骞被太阳照射得睁不开眼，他会去，那是他犯下的错误，为了流过的血，为了警队的荣耀，为了最后的信仰，这一仗，他必须到第一线。

柏骞归队的速度比费野想象得要快，费野还没来得及给他部署任务，他一个人直接跑到了泰国清迈。

那是他最熟悉的战场，他如鱼得水地混在那群人中。

这种拼劲的柏骞，他已经很久没看到了，一方面觉得欣慰，又隐隐觉得不对。

他胆战心惊地听着线人每天给他的汇报，柏骞不是在拼命，他是在不要命。

费野急得一点儿办法都没有，柏骞简直像疯了一样，谁的话都不听。

“费队，这样下去不是办法，人没抓到，可能柏骞也废了。”

费野脑子里忽然想到一个人，“我有办法了。

费野看着面前的舒泰，他不着痕迹地打量着这个名声在外的厅长公子。

他名气比能力大，他爹占了80%，剩下的20%是花边新闻。

舒泰和费野想象中不同，他以为会是个纨绔子弟，没想到比想象中要书生气很多，似乎也不是那么没用。

“费队找我有事吗？”

“你能找到温晚。”费野用的是肯定句，他调查过他家和温家的关系。

两家之间来往并不多，但是舒泰和温晚却是标准的青梅竹马，从幼儿园到高中都是一个学校，简直让人感动的纯洁的男女关系。

舒泰眉头微皱，看向费野的眼神产生了变化。

“你找温晚什么事？”

“你调查过柏骞。”费野观察着舒泰的表情，“你是为了温晚查的。”

舒泰的手指敲了下桌子，并没有惊到，公安系统没有秘密，再说他查的时候也不是秘密进行的。

“你从我这里找温晚是和柏骞有关？”舒泰从费野的表情里知道自己猜对了，“据我调查出来的结果，柏骞并不是好人，而我作为朋友来说，并不希望温晚和他再有什么牵扯。”

费野笑了笑，“哪怕这样会牺牲掉一个优秀的卧底警察和你的朋友？”

舒泰一愣，不明白他话里的意思，他目光直直地看向费野，“你什么意思？”

“字面上的意思。”

舒泰出现在温宅的速度超过了温晚预计的速度。

他已经做好了被温北拒之门外的准备，但见温晚很顺利，舒泰是真的想感谢他有个好爹。

温晚穿着白色的连衣裙，看起来比上次清瘦了不少，本来有些婴儿肥的脸，现在已经完全没了肉，反而将五官完全显现出来，看起来更有立体感。

“人家都说为伊消得人憔悴，你怎么还漂亮了。”

温晚白了舒泰一眼，看了眼一直关注他们的刘姨。她的声音小了点儿，“你这是又打算来策应我？”

舒泰过了一会儿，才点点头，“你以后千万别忘了我，在我被你哥活埋的时候一定要救我。”

“放心，你爸没倒台之前我哥不敢动你。”

舒公子确认自己会活着，点了点头，一点儿都不介意自己是靠爹族。

“你有计划了？”

温晚点头，“三天后，后门等我。”

舒泰扬了下眉毛，“可以啊，不如来考公安系统的公务员吧，凭你的聪明才智一定是打击罪犯的一把好手。”

“你走吧。”温晚毫不客气地赶人。

温北将舒泰放进来也是经过一番思考的，温晚的状态一直不好，舒泰虽然没啥真本事，但是小聪明还有的。

他当务之急就是让温晚死心。

柏骞到底是哪里好了，他琢磨不透，只觉得是小女孩天生就会被坏男人吸引。

晚餐时，她的眼角还挂着泪珠，双眼通红，依旧一言不发，看到温北连头都没点。温北知道她是被伤透了心，也清楚自己的这招实在太损了。

可是没办法，为了让她死心，他无能为力。

这下你该放弃了吧……

温北默默地想，忽略了温晚眼底的一抹坚毅。

深夜，温晚躺在床上，听着门外的声音一点点消失。

这些日子她没有关门，就是为了掌握其他人的作息时间。她今天还不准备动手，她推测以温北的性格，可能还会观察她一个晚上。

但她也不准备闲着。

待时间差不多了，温晚整了整睡衣，打了个呵欠，从床上爬起来，从卧室走到厨房。

今晚的温北格外清醒。

以往早就进入梦乡的他无论如何都睡不着，甚至一点点响动都能令他浮想联翩。

也许是太兴奋了？

计划了那么久……终于要实现了。

然后，他听到了门被推开的声音。

他本能地一惊，然后发现声音来自温晚的房间。

这么晚了，她不睡觉想要做什么？

温北紧张起来。

他想起以往睡得沉沉的自己，不由得开始怀疑之前他睡熟时，温晚是不是也像这样外出游荡。

明早一定问问刘姨。

如果温晚一直都不是如此，只能说……她今晚要行动了。

想到这里，温北坐起身，看了看自己身上的睡衣还算齐整，也下了床。

为了防止惊动温晚，他故意蹑手蹑脚的。

这点小把戏自然瞒不过一路逃亡而练出本能警觉的温晚，她想着温北既然不想惊动她，那她就搞个大动静。

于是她一抬手，把杯子一摔。

“哐当。”

温北吓了一跳，随即打开灯，只见温晚歪着脑袋，一脸无辜地看着温北：“有什么事吗？”

还是和先前无二的少女形象，只是哭肿了的眼睛稍稍消了肿，看起来没那么吓人了。

“没……没事……”温北结结巴巴地回答，突然觉得这样太没气势了，立刻换成质问的语气，“你大半夜不睡觉，干什么呢？”

“喝水。”温晚指了指碎了一地的杯子，“被你吓得，打碎了。”

“什么叫被我吓的？”温北表示有小情绪了，“我明明已经很……”

突然，他觉得好像哪里不对。

他原本想说他已经很小心翼翼了……可是如果他心里没鬼，他小心翼翼做什么？

温北不知道是温晚变聪明了还是自己变傻了，反正有些怪怪的。

为了证明自己智商在线，温北迅速编了个理由：“我听到有声音，以为是小偷，还特意放低了声音，结果你说我吓到你了？”

“哦。”温晚点点头，“你吓到小偷了。”

温北：“……”

“这是我最喜欢的杯子。”温晚说，“你赔我。”

温北瞥了眼地上的白瓷杯子，心想这种什么都没有的杯子怎么可能是你的最爱，又不是什么名贵的瓷器。

“这个是我买的。”温晚补充。

温北点点头表示认同，毕竟这个家里的杯子不是他买的就是温晚买的，这个一看就不是他的风格，肯定是她的了。

“我不可能买我不喜欢的东西。”

这个逻辑也能说得通。

“我喜欢的杯子没了，我要去买一个。”

温北终于听出了重点：“不行，你在网上买不行吗？”

温晚用“你是白痴吗”的眼神看着他：“我堂堂大小姐怎

么用网购的方式买东西？”

温北无语。

是是是，你不用网购买东西，你用网购买书。

但他拗不过他的妹妹：“要去买也行，让司机开车，刘姨陪你去。”

“也好。”温晚没有反对，“人多一点儿也能帮我拎东西，我喜欢的零食也没了，顺便一起买回来。”

兄妹俩就这样达成了短暂的共识，可怜的杯子碎片就留给刘姨第二天清扫了。

躺在床上，温晚感到无比愉快，她知道自己离计划成功又近了一步。

▹▸ 12

第二天，温晚列好清单就跟着刘姨出发了。

出门前，她还将清单给温北检阅，在温北确认没有任何尖锐的、危险的、可能帮助她逃跑的物品后，她顺利地出了门。

其实她觉得温北的担心是多余而没有必要的。

她才不会傻到在出门时明目张胆地买这些危险物品，她都是在网购其他东西的时候混合包装的。

很多都是学医时候的私人交情，温北不清楚，她也没想过让温北知道。

不过温北越小心，温晚就越放心。

她知道温北拆过她的快递，即便拆完后总是再包装好，但凭着她作为医学生的细心，还是很容易发现了破绽。

可是那又怎样呢？

温晚早就知道他会拆，只是兄妹俩的默契而没有彼此戳穿而已。

温北面临的最大问题就在于拆东西一定会留下痕迹，而温晚购买的物品都是很容易留下翻找痕迹的东西，以至于温北不敢太用力翻找。

这也就给温晚留下了机会。

她让卖家将东西拆分了藏在各处。锉刀条是糊在书封勒口后面的，还有一些藏在泡泡纸里。

她才不信温北会去检查泡泡纸。

温北找不到，对她的警惕就会降低。

所以温晚大大方方地出门，大大方方地回家，还和温北分享自己购买的新杯子，讲解杯子的设计优点。

温北不是很乐意听，但又担心错过了什么，只能耐着性子去听。

温晚讲累了，喝了点水，又陷入了沉默。

温北这才意识到温晚的心情依旧很差，这片刻的欢愉不过是她今天得以出门而产生的假象。

唉……等你真的放下了他，哥哥就让你自由地出门。

真的。

温北在心底发誓。

然而，温晚注定不会有彻底放下柏骞的那一天，也不可能等到那一天。

她一直在默默计划。

温北的作息时间很规律，除了打碎杯子那天，其他时候他都能很正常地入睡。

还睡得很沉。

因此每晚温晚都在拿着锉刀条安静地、缓慢地锉着阳台上的铝合金管。她住的富人区唯一的优点就在于没什么邻居，每家每户都隔得很远，她做什么几乎没人能注意到，因而也不用担心被发觉。

刘姨通常不进她的房间。

她难过起来，谁也不让进。

这是她的原则。

无论温北怎么看管她，这一条她绝不妥协。

温北起初很不乐意，但随着确定她安全无虞后，也就随她去了。

小姑娘嘛，总要发脾气的，不发脾气才不正常。

温晚每晚就这么安静地锉呀锉，锉得很慢很慢。她用厚厚的窗帘布遮挡住她整个人，又用枕头伪装成她在睡觉。她身形瘦弱，藏在窗帘后，很难被发现，也完全听不到声响。

终于，她完成了。

她轻轻地把铝合金管藏在窗帘后面，拧掉了窗边报警装置的螺丝。

她偶然发现整层楼用电的总闸在她的房间里，许是温北没有把这件事放在心上，又或许是他觉得她不会去碰电器。反正趁着深夜无人用电，她直接把总闸给断了。

她有些庆幸这是个不用开空调的季节，不然分分钟露馅。

取走了报警装置，她把总闸重新推上去。

她事先换了身轻便的服装，购买的食物也够她吃很久了。她钻出窗户，沿着窗台，小心翼翼地跳到空调外机上。

空调外机颤了颤，还好没发出太大声响。

她有些庆幸这些日子跟着柏骞练出的机敏。

然后，她纵身一跃，在草地上打了个滚，轻捷地跑了起来。

温北并不知道还有这一幕，如果他看见了，会被惊呆的。

在他的印象里，温晚就是个四体不勤五谷不分的文静孩子，对运动也没有什么太大兴趣，绝不会相信她如今的身手已经这般灵活。

温晚连溜索都过来了，在树上也睡过了，爬个空调外机算什么。

时值凌晨三点，舒公子正将车停在隐蔽处，他紧张地看着手机，生怕温晚有什么意外。

三点零五分，有人猛地拉开副驾驶的门。

舒泰吓了一跳，看见一身黑的温晚，拍了拍受惊的心脏。

“我觉得现在你适合去卧底，你到底是怎么从你家那座牢房里逃出来的。”他可是看过，温北怕温晚逃跑简直到了丧心病狂的地步，三步一机关啊。

温晚笑了，“我可是经过特训的。”

舒泰递给她一个大包，里面有卡、现金和干净的衣服。

“你现在要去哪里？”

“景洪。”

舒泰有些意外这个答案。

他知道那里，那是云南的边境小镇，他知道的原因是牺牲的卧底警察安葬在那里，那是离他们战场最近的地方，也是他们守护的土壤。

“你睡会儿，从这里到景洪要五个小时。”

温晚点点头，从副驾驶爬到后座，一点儿不客气地睡了起来。

这几天她用脑过度，必须好好休息，下面还有硬仗要打。

温晚的离开，温宅里的人没有发觉任何不对。

温晚在家的这段时间本就睡得很早起得很晚，然后上很久很久的网，买很多很多的书和化妆品。

但是温晚一觉睡到中午都没有起来。

刘姨感到不对劲儿，敲了敲屋门，发现无人应答。

她试图去推门，却发现有一阵子不锁甚至有时候还是虚掩着的屋门居然被反锁了。

没有钥匙，她打不开。

刘姨六神无主，给温北打电话。

温北将昨晚的监控调出来，视频录像里，温晚熟练的动作让他吃惊。

“……柏骞。”温北念着这个名字。

“先生要不要报警？”

报警?

温北冷笑了一声："找个锁匠把门打开，然后将她的屋子收拾干净了，等她回来。"

▹▸ 13

温晚收到温北的短信时，刚睡醒。

"一个人在外面注意安全，有困难记得找警察，不是柏骞那种的。"

温晚抿唇笑了笑，半晌，回了个"好"。

不找柏骞?

不找他还能找谁。

边岩所在的墓地很冷清，荒草丛生，荒无人烟。在一片矮矮的墓碑中，她找到了属于边岩的一方。

"边岩"两个字遒劲有力，温晚轻抚墓碑，只触到一片冰凉。

她依稀记得，边岩的掌心是温热的，以前他带着她做实验时，常常会有指尖与指尖相碰的时刻。有次，他笑着问她，为什么她的手总是冰凉的。

温晚是学西医的，不好意思说自己气虚，只能沉默不语。

边岩便轻轻握住她的手："你呀，新陈代谢弱，还懒得动……"

温晚握了握自己手指的温度。

如今的她已经不再是那个双手冰凉的女孩子了，只是她指尖的温热却透不进边岩的心里。

是柏骞改变了她。

可是，他也改变了他。

熟悉的烟味在空气中弥漫开，温晚快速回过头，发现有人站在她身后。

她看着他，他是带走柏骞的男人。

“你也是来看边岩的？”

费野点点头：“我是来找你的。”

温晚很意外，她在温北给她的档案里见过他的照片，知道他就是省队队长费野：“找我？”

“柏骞现在很不好。”费野开门见山，“我想只有你能找到他。”

“很不好是指什么？”

“他有生命危险。”费野狠狠吸了口烟，“米纳的事他一直放在心上，从来没有放弃追踪……现在他有线索了，但也有危险了。”

“我能做什么………”

“让他有活着的信念，让他像个人。”费野塞了张纸条给她，“我听说了你和他的事，当然还有温北。既然你费了那么大劲儿从家里跑出来，就不仅仅意味着可以看见一个活蹦乱跳的他。”

温晚懂了他话中的意思。

她想见到的、她要见到的，不仅是一个健康、健全的柏骞，他生命垂危、随时可能离开世间的模样，她也要面对。

只因为，这一切，都是他。

“去吧，姑娘，你是他唯一的牵挂了。”费野转身离开，“当年的他，因为母亲的事，造成了失误，有他的原因也有我的错……一个人没有牵挂可能更勇敢，但有了牵挂，将更机智。”

温晚看着他的背影，鼻尖发酸，泪水渐渐模糊了眼眶。

舒泰拍了拍她的肩膀，温晚转头看向他，“你们是一伙的。”

舒泰笑了，“真是什么都瞒不过你。”

“现在不说他是坏人了？”温晚还记得之前舒泰说柏骞的不好。

“什么是好，什么是坏，又有谁能彻底分得清呢？”空气很凉，舒泰给温晚披了件外套，“下面的路比你想象得难，费野说如果你不想做就别去。”他忽然停顿了一下，目光深深地看着温晚，“阿晚，爱情不是一切。”

温晚愣了愣抬头看他，“我知道，但我必须去，不仅因为爱他。”

她选择向前，离柏骞更近一步，也离她坚信的信仰更近一步。

离开景洪的当晚，温晚又和费野聊了聊，这才隐隐知道了一些过去的事。

当时她接到电话说被谋杀的卧底名叫岳致，柏骞认为那是来自米纳的挑衅，因此在送走她之后，又重新返回了那片属于他的战场。

这时，温晚才知道，两年前，柏骞所谓的因失误未能完成的任务，是因为米纳挟持了他的母亲，用她的生命威胁柏骞。当时他的母亲为了不拖累他，死在米纳的枪下。柏骞因为事发突然，来不及部署，只是片刻的犹豫造成了任务失败。

当时费野新任警队的联络员，本就对柏骞的一贯行为有所怀疑，加之对情况不了解，造成了误判，认为柏骞消极怠工、有变节的嫌疑，停了他的职。柏骞深知事非自己的原因，但面对母亲的死亡和任务的失败，他还是不能原谅自己，选择去老挝开了家客栈。

然而，这最大的变数就在于温晚的出现和岳致的死。

温晚的出现，让一向冰冷的柏骞开始有了鲜活的气息，开始像一个人。

而岳致的死也成为费野和柏骞调和的关键，费野找到柏骞，劝他回来，继续追捕米纳，而柏骞正有此意，两人一拍即合。

温晚不知柏骞当时知道岳致死亡消息的想法，也不知道他是怎么回到曾经这样对他的队伍。

或许在兄弟情感和正义面前，没有什么比这些更重要。

第四章
与你同生同死

▹▸ 1

泰国正是盛夏，太阳散发着炙人的温度，清迈比往常更热，雨季并没有带来降温，反而带来了令人厌烦的潮气。

温晚将大半张脸藏在纱巾后面，看着人来人往的水上街市，她要报到的国际医院在街市后面，不算大，但在当地很有名气，费野不知怎么将她塞了进去。

温晚对泰国不熟，清迈只是几年前旅游的时候来过一次。来之前费野给她严谨地上过一课，从风土人情到势力分布再到每个大小头目的长相。

温晚的脑子里塞满了各种信息，晕得要命，眼前更是被晒得全是金光。

为了谨慎和瞒过温北，温晚用遍了所有不需要身份验证的交通方式，拖着厚重的行李，已经是精疲力竭。

手机“嗡嗡”震动起来，这是到泰国后一个陌生人塞给她的。温晚检查过手机里面没有一个号码，而知道这个号码的人想必也只有费野。

温晚接起电话，果然不出所料地出现了费野的声音。

“到了？”

温晚“嗯”了一声，她一手拿着手机，一手托着行李箱继续往前走，“我泰语不行，确定没问题吗？”

费野沉默了一会儿，“这是家国际医院，你英语交流不是没问题吗？”

“嗯。”温晚话音刚落，前面密集的人群蜂拥过来，她被慌乱的人推了个踉跄，费野在电话那端紧张起来，敏锐的第六感让他觉得一定发生了什么事情。

“怎么了？”

温晚稳住身体没有说话，往前看了看，只能看到有烟雾从人群最密集处蔓延开来。

“可能是着火了。”她话音刚落，耳边传来一声巨响，忽然天地一色火光一片，重重的火药味和金属的味道传过。

温晚不知是被热浪扑倒还是被人群绊倒，整个人摔在地上，手机信号也被干扰，费野一个人在另一边只能干着急。

温晚比她自己想象中的还要更冷静一些，她慢慢地让自己坐起来，四处张望了一下，这应该是一起有目的有规划的恐怖袭击，启动炸弹之前有过预热才造成了群众的恐慌，而这种恐慌并没有带来实质性的救助，反而造成了更多人员伤亡，就她看到的而言，被踩踏受伤的和被炸伤的可能各占一半。

身边的人脸上全都透露着害怕的信息，全都想离开这个是非之地，警察和医疗队已经到场，拉起了警戒线。谁都不知道这里还有没有另一颗炸弹。

温晚被医护人员扶起，先用泰语询问了她的伤势，见她没有反应，又用英文询问。

温晚摇摇头，“I’m ok。”

来清迈的见面礼让温晚有些承受不起，她弯腰将手机捡起，抬起身的一瞬间余光在十点钟方向看到一个熟悉的身影。她微怔，太久没见他，只是一个模糊的背影都让她心脏发酸，她正要追过去，还未跑几步就被一个看起来四十多岁的女人拦住了。

女人看起来是华人，个子不高，皮肤偏黄，脸上有明显的雀斑，锐利的眼光从上向下严厉地扫视了温晚一圈。

“温晚？”她说的是中文，发音不是很好，带着闽南的方言气息。

温晚点点头，她不知道这个人的来路，也不知道费野到底是怎么安排的。

“我是清迈国际医院外科部的清一，你的直属上司，你也看见了现场的状况，如果可以，现在就开始工作吧。”清一语气严厉，眼里也透着警告。

温晚总觉得她知道什么，便点了点头，将行李箱放到车里，拿起急救箱就跟着她走。

她经历过地震，目睹过杀害，但这种大规模血淋淋的现场还是第一次亲眼所见。温晚吞了下口水，看着眼前鲜血淋漓的小女孩，心情备受影响。

清一轻轻瞥了她一眼，“做医生就得心硬，特别是在这里。”

温晚“嗯”了一声，类似的话柏骞也对她说过，“我知道。”

只是……做不到而已。

她后来才知道清一从大学就在泰国学医，之后留了下来，在泰国待了十多年，她的经历也是温晚所想象不到的。

这场恐怖袭击死亡28人，受伤47人。

温晚看着被装进运尸袋里的受害者，心里发酸。

恐袭，死亡，忙碌了一周。

清迈国际医院的生活，她已经慢慢适应了下来。

温晚抱着重得要命的急救箱从吉普车上下来，眯着眼看了看前方，一只鸟急速地从她头上飞过，她又把头上的纱巾裹得紧了点儿。她的第六感告诉她，今天太过不寻常。她直觉一向很准，但此时此刻只能祈祷平安无事。

这是温晚来清迈的第三个月，她逐渐熟悉了这里的环境和气候，熟悉了怎么和一群豺狼之徒打交道。除了当天见到有个和柏骞很像的人，每天过得机械而重复，救人死人。她甚至都怀疑，柏骞真的在清迈境内吗？ 可是她又听说今天会有重要的情报。

开车的同事看到几个高壮的军人举着枪向他们一步一步地走来，哀呼“shit”。

温晚抿着唇，双眸紧紧地盯着他们，在枪离自己只有50厘米的时候，快速举起自己手里的急救箱，声音又急又快，“we are doctor.”

军人们互相对视了一眼，带头的那个人拿过温晚手里的急救箱翻来覆去仔细检查了好几次，又凶狠地看向温晚。

“What are you doing here?”

温晚抿着唇正在脑子里过着说辞，他们是接到急救电话了，但实际上那是费野给她的任务，说是有情报，因为情况太过紧急，情报很重要，直接让她过来。

风又大了，将她头上的纱巾吹得到处乱飞，空气中处处弥漫着一触即发的紧张气息。

温晚拉过纱巾，又快速瞧了眼他们的神色。只见他们全身紧绷，手指有力地扣住手上的重型机枪，完全没了刚刚的悠闲。

她心里大概有了底，任务再重要，也没有命重要。在这战火纷飞、动荡不安的国度，保命是第一要素。

“we are the...”

她话还没说完，前方突然一声巨响，瞬间火花四溅，滚烫的热潮和浓重的火药味儿卷着地上的灰尘向他们袭来。

湛蓝的天空和厚重的云朵不知何时也被染成了火红的颜色，有种末日降临的错觉，仿若这个世界下一秒就要被摧毁。

她来不及跑，重重地跌倒在地上，不知是被炸伤还是被柏油路磨得火辣辣地疼，鼻息间都是火药和血腥的味道。

耳边嘈杂的声音从四面八方传了过来，她听不清，眼前浑浊的天地融为一片，也看不清。

“晚，晚！”同事大声呼叫她的名字，确定她是否还活着。

她努力让自己发出声音，可怎么都于事无补，全身的血液好像要流尽一般，脑袋越来越重，眼皮越来越沉，眼前越来越黑……

“温晚，温晚……”

“温晚！”

温晚猛地睁开眼睛，眼前是白色的天花板，鼻间都是熟悉的医院的消毒水味道。

眼前的人更让她意外。

“钟夜星……？”

钟夜星笑嘻嘻地冲着温晚说：“对呀，是我呀，在这里都能遇到我，惊不惊喜，意不意外！”

温晚稍稍点头，一下子想起和她在一起的时候发生的事情，她便四处张望。

“别找了，就你一个人被送来了。”钟夜星扬了扬受伤的右手，“看我们受伤都能来同一家医院，简直有缘到爆炸啊！”

温晚脑子里过着她刚刚给的信息，“就我一个人，这里是什么医院？”

“清迈医院啊，对了，你和那个私奔的大叔怎么样了啊？”

“清迈医院不是清迈国际医院？”温晚表情严肃地问道。

钟夜星被她的表情吓到，愣愣地点了点头，“对啊。”

“你知道今天是哪里发生爆炸了吗？”温晚问。

“嗯，电视上还在播放啊。”

温晚立马看向电视，爆炸地点在清迈国际医院。

她的手心一片湿漉漉的，心跳加速到发痛，到底是怎么回事。

电视上死伤的人数还在不断增加，温晚觉得脑袋有些晕，她觉得这一切似乎是个很大的阴谋。

她伤得不重，都是皮外伤，当天就能出院。

温晚想不通的是明明是她和同事一起遇袭，而且现场有很多士兵，为何送到医院的只有她一个人。

有一个大胆的想法在她的脑子闪过。

她不敢相信。

但是除了这个，无法解释。

难道真的是柏骞？

“在想什么？”钟夜星问她。

温晚抬眸看向钟夜星，“你怎么会在清迈，还受伤了。”

钟夜星咧嘴笑了笑，“来旅游啊，老挝离泰国多近啊。”

不对。

温晚看着她，心里忽然飘忽不定起来。

她和钟夜星第一次见面是在去琅勃拉邦的大巴上，当时她是去万象，她自来熟地和自己交流。

然后发生了什么。

她被米纳的马仔带走，又被柏骞救走。

第二次见面，明显是费野被出卖了，她和同事走进陷阱，而她恰巧又被救。

但更恰巧的是钟夜星正好出现在她的眼前。

温晚不信天地之大两个人能有如此缘分。

学过老挝语。

舒泰说过他们会特招小语种的人进来，那眼前的钟夜星到底是特招的警察，还是那边的人。

温晚不敢下这个决断，不管是哪一种，眼下保护好自己是当务之急。

她一转身，枕头移了个方向，一个纸条从枕头里跑了出来。

204。

204，难道是说……

温晚思索了一会儿，决定冒险。

她刚走出病房，在走廊和一个人撞个正着。

“别去。”

是中文。

温晚愣在原地，看着那个穿着白大褂的人已经五米之外的背影。

柏骞。

是柏骞。

她压抑着自己想要追上去的冲动，压抑着眼圈泛红眼泪决堤的冲动。

谁放的纸条，谁在看她，是被发现了吗？

这一切都让她不能贸然行动。

▹▸ 2

当晚她就办理了出院，只身回宿舍时，还没来得及开灯，身后突然被一个人伸出手捂住口鼻。温晚一惊，迅速冷静下来，照着她学到的为数不多的防身术对身后的人进行攻击。对方起初还和她过招，后来直接将她一把夹在胳膊弯里，扔在床上。

温晚的胳膊被床撞得生疼，但她来不及乎痛，只听“啪嗒”一声，室内灯光大亮，柏骞的脸出现她的眼前。

“啊……啊！！”温晚千言万语涌上心头，突然不知该说什么，只感觉脸颊湿漉漉的，除了哭声，再也发不出别的声音。

“你来做什么。”柏骞倒是很冷静，“不是回国了吗？”

回答他的是温晚的拳头。

柏骞任由她不轻不重地打着，直接将她抱进怀里，然后不容拒绝地吻住她。温晚不服输地狠狠咬了下他的唇。

柏骞没有放开她，一遍又一遍、不知疲倦地吻了个彻底，才将唇慢慢移到耳边，他轻吻着她耳后细嫩的肌肤。

“用力咬我。”他说。

温晚睁开眼。

“我愿意被你吞入腹中。”

柏骞的吻越来越热，温晚身上的衣物被柏骞粗暴地扯去了。柏骞将她按在墙上，不容拒绝地亲吻。温晚被他毫无空隙地抱着，身体的温度快要融化了背后的墙面，还未来得及开空调的室内，现在更是滚烫得吓人。温晚手下的肌肤，都是湿漉漉的汗意。

柏骞的手掌紧紧按着她的后腰揉捏，另一只手轻揉着她的胸，他的呼吸声逐渐变得粗重，就在一触即发的时候，柏骞稍稍拉开距离，目光触及温晚湿润深黑的瞳孔，泛红的眼角撩起春色无边，不过几秒又埋头吻得热切。

“想不想我？”柏骞问。

温晚还被他抱着，根本无处可逃，只能自欺欺人地偏过头，然后口不对心地说：“不想。”

柏骞笑了，温晚有种被看透的错觉。

“不想就不想。”

柏骞抱紧她，唇贴着她的脸，声音又低又温柔，带着他不常有的认真，“我很想你。”

温晚本就发软的心，更是酸麻到极点。

喜欢来的那么容易，爱又那么深入骨髓。

短短四个字，就让她举手投降。

温晚紧紧抱住他的脖子，脸颊软软地贴住他，“想你，想你，非常想你，超级想你。”

柏骞抱着她，突然问：“所以你准备潜入米纳身边？趁着他受伤，身边缺医生的时候。”

从他的神情里很难看出喜怒，温晚不知该如何作答，费野和她讲过计划，本来只是让她找到柏骞，在柏骞身边，让柏骞活着，后来任务一次比一次重，她可以想象费野的艰难。

只是这一切，她不知柏骞是否知道，更不知他是否会同意。

“机会难得。”

她想了想，最终只说了这四个字。

柏骞重复了这四个字：“机会难得。”他低头看着温晚，她早已不是当初他在日本第一次见的小女孩儿了，也不是那个误入琅勃拉邦客栈的温晚，这段时间她成长惊人。

柏骞不说这种成长是好还是坏，但总会心疼。

他喜欢的女人，这么辛苦，真是让他有种没用的感觉。

“柏骞……”温晚小声地叫他。

柏骞将她的发丝挂到耳后，“嗯？”

“你是怎么想的？”

“任务很危险。”

温晚“嗯”了一声，“我知道。”

柏骞用指腹轻轻摩擦她都脸颊，“怕不怕。”

温晚浅浅地笑了笑，“怕呀。但更怕我和你，我们所有人都拿米纳没办法。”

柏骞也笑了，“胆小鬼。”

说着某人胆小鬼的柏骞，似乎比胆小鬼还要胆小鬼，接下来的半个月就在温晚的宿舍里住了下来。

美曰其名私人教练。

经过半个多月的训练，温晚的身手变得灵活了许多，虽然没有办法和专业人士一较高低，但自保不成问题。她的老挝语也渐渐有了些腔调，柏骞没有教她太多，免得太完美让米纳生疑。

柏骞的目光停留在她身上的时间越来越长，眼神也越来越意味深长。

终于有一天，训练结束后，柏骞沉默了片刻，看着温晚说道："时间差不多了。"

温晚知道他话里的意思。

这是他一贯的风格，没有挽留，没有煽情，甚至连一句轻描淡写的关心也没有。

可温晚就知道，这几个字，涵盖了一切。

他那样不善于言辞，甚至可以说不屑于用言语交流的人。所有的一切，他都能妥善地安排好，以至于他从来不去依靠别人。

但是此刻，温晚感到了沉甸甸的感觉。

这是来自于他的依托，一个从来不会拜托别人的依托。

"保证完成任务。"温晚敬了个不太标准的军礼，"协助你们抓住米纳。"

"我不是这个意思。"柏骞看着她，眼眸深深，"一定要完好无缺地回来。"

说完他就走了，没有片刻的停留。

温晚看不见他的表情，也拿捏不住他的情绪。

他是因为失去了战友而难过，还是因为不愿意失去她？

她的心头泛起一阵裹着甜的酸楚。

如今她已经知道了濒临死亡的滋味，正是因为这样，她更想好好活下去。

她不要战火纷飞时和他死在一起，也不要光荣就义后他为她复仇。

她要的是和平年代、承平天下中，和他相知相守，共度余生。

米纳选人秉承“海选之形式，公考之标准”，任何人都能去参加选拔，但每天都有大把大把的人被淘汰。

最初的选拔不触及核心，被淘汰的对象也抱着吃一顿快餐的心态，米纳也不和他们计较，给了盒饭就让他们离开了。

但随着选拔的深入，考题也一点点触及关键内容，有时温晚带回去的只言片语，柏骞都能猜出来有关米纳的一些情报。

后来的被淘汰者，几乎都被米纳枪决了。

温晚每次听到通过时，心里总是止不住地战栗，黑洞洞的枪口下，她不是很确定自己能不能活到下一次。

她在柏骞面前尽量保持一副若无其事的样子，但她的恐惧是从骨子里透出来的，不是苍白的话语足以掩饰的。

她要向前走，必将面对黑暗和恐惧。没有任何人能帮得了她，除了她自己。

柏骞知道她的心事，心知她一定不愿被点破，也不愿见她一点点消瘦下去，便每日变着法子给她做好吃的，让她尽可能补充营养。

然而，温晚每每闻到他送来的饭菜香味儿，都要迅速地眨眨眼，免得饭菜的热气氤氲了她眼中的泪水，使她落下泪来。

她的神情自是瞒不过柏骞，可柏骞也很为难。

他其实更希望她能痛痛快快地哭一场，把所有的压力都宣泄出来。只是她从来都是这样一个沉默而倔强的人，所有的一切都被她单薄的肩膀承担了。

可是他偏偏就是喜欢那样的一个她。

爱也爱得执着，痛也痛得洒脱。明明自己不是个勇敢的人，却愿意一点点挪到他身边，让他看到她，等他爱上她。

那么，这一次换他走近她。

“砰。”

随着一声枪响，温晚身边的那个男人缓缓地倒下。

温晚强忍住慌张，把手中的试管轻轻擦拭干净，稳妥地放好。

毕竟她也是被追杀过、经历过逃亡的人，这点定力还是有的。

“还行。”

冷冷的沙哑嗓音传来，温晚又是一怔。

她抬起头，快速瞥了一眼，又看了眼身侧的男人，突然知道米纳选中她的理由。

不仅是米纳选中她的理由，还是费野、柏骞都觉得这个任务非她莫属的理由。

她是个女性。

记得柏骞讲过，他们选卧底从不选择女性，因为女性天然的弱势会给他们带来难以估量的风险和隐患。

而米纳从一开始就不曾想过要招男性的医务人员，虽然那样为他治疗更方便一些。

但无论如何，她终于走到了他的身边，成了离他最近的人。

米纳的手下为她安排了房间，温晚知道从这一刻起，她就要迈入另一个世界。那个世界里充满着阴谋和危险，以及所有已知和未知的恐惧。

每日帮米纳上药成了温晚的必要工作，刚进行工作时，米纳周围半个人都没有，全在外围戒备，米纳也不和她言语，生怕她多知道些什么。

随着时间推移，米纳渐渐不避着她，甚至当着她的面谈事情。温晚也表现得大大方方的，她知道米纳在试探她，她就装作你们说的字我都能听懂，连起来就不知道是什么意思的模样，终日摆出一副乖巧的表情，米纳也没多追究。

米纳看似对她信任，实际上丝毫没有放松对她的管束。

温晚注意到，她的房间每天都被很仔细地清理过，即便只是名义上的普通打扫一遍，但事实上从上到下、从里到外都会被翻找个遍。

至于传信……

温晚也想过，但不相信米纳会留下明显的破绽，因此有一天她故意在白大褂上留了块污渍，又将对称位置的内里的线打了个结。第二天工作时，她发现污渍还在，结没了。

果然，她每天穿那件白大褂，明明看起来还是原来的那件，偏偏每天的都是新的。

一旦她在里面留了不该留的消息，便是万劫不复。

▹▸ 3

要怎样将消息传递出去呢……

温晚想了很久，都没想到办法。

拿纸笔记录下来显然不现实，除非她花大把时间来布置，可她不能保证她还在布置的时候米纳会不会对她起疑心。

她的通信工具是被监视的，房间也被监听了。电话是不能打的，发短信是能被看见的……

温晚想了想，最终想到了一个办法。

既然米纳想看，那就让他看，只要别让他猜出里面的含义就可以了。

她开始每天给柏骞发短信，除了日常的打招呼，就是讲她看过的电影。温晚想了很久怎么联系柏骞，终于想出了柏骞和她提过的摩斯电码。

她以日本电影和韩国电影区分点和划，给柏骞传递信息。为此，她每天都看不同的电影，若是看了日本的，那影评中提到的日本电影就是“点”，韩国电影则为“划”。反之亦然。她第一天发过去的时候很担心柏骞不明白她在做什么，于是还很刻意地提到了金田一和明智健悟。

幸好柏骞看懂了，给她回了：“很有趣，我明白了，有空关注一下。”

虽然不算明确回复，但她知道他明白了。

无一例外，她看的电影都被米纳监视着，甚至他还成立了一个电影研究小组，每天研究温晚所说的电影。

她看的电影很乱，有鸡汤味十足的《死亡巧克力》，有古装电影《大奥~永远~》，甚至连《素媛》都看。唯一的共同点就是日韩电影，但这也不奇怪，论亚洲电影，日韩还算不错的。她和柏骞发表的评论也很到位，一看就是常看电影人的评价。

所以她真的只是在讲述自己的日常生活吗？

米纳不愿意相信，但是也只能接受这种现实。更何况他还用得上温晚，就目前而言，她还算得上称职，也没有任何信息泄露的迹象，他如果贸然杀了她，重新选人会很麻烦。

之前因为选人杀了那么多，纯粹是当一锤子买卖做的，万一再来第二轮，保不齐缉毒警察们就嗅到了他的踪迹。

这么想着，米纳选择采取保守行动，进一步试探温晚。

温晚也规规矩矩的，工作吃饭睡觉看电影，一丝不苟得堪比日常养生的中老年人。

正巧米纳遇到了一些麻烦，总有人要找他的麻烦。

那人的行为触及不到米纳势力的核心，是很恼人的“猥琐流”打法，今天敲你一下，明天揍你一拳，毫无章法，但就和卫生间的小强尸体一样，明明造不成什么危害，却越看越恶心。

最初有人怀疑这个人是温晚的接头人，米纳想了想就否决了这个思路。

这么不懂规矩的人哪里培养得出温晚这样毫无破绽的间谍?

前提是如果她真是间谍的话。

米纳找不出那个人，心中日益烦躁，渐渐也没了心思每天都盯着温晚。

温晚看似淡定，心里却也着急得很。

最近她和柏骞间的交流渐渐多了起来，有时还会互相用电影来传递信息，甚至还用上了以前提到摩斯电码时商定的暗语。

然后柏骞给她传来的消息上说不放心她，想潜伏进来。

温晚起初是拒绝的，她担心柏骞一来她会把持不住。

柏骞说他会变装过来，前提是给他安排个身份。

温晚表示很为难，但还是会尽力一试。

终于，机会来了。

温晚想着就这么潜伏进来铁定有难度，最好是换个人。

米纳手底下有个叫巴力的人始终不肯消停，坚持怀疑温晚是间谍，执意要对温晚动粗，要试试她的身手。

温晚当然不会配合他，但也不能就这样算了。于是她灵机一动，直接扇了巴力两个耳光，狠狠地对着他的脸又抓又挠，在米纳来时直接来了个恶人先告状。

搞得好像她受了多大的委屈。

明明巴力才是伤得比较重的那个。

温晚想着巴力也算得上这群人的中枢，万一因为这个被调出去，柏骞就有了进来的机会，回头回到米纳身边，也还算方便。

米纳来看了看，觉得不是什么大事。轻描淡写地指责了一番巴力，又给温晚放了半天假，高高提起轻轻放下，自以为自己处理得很得当，两不得罪。

温晚表面上什么都没说，心里想着这票干得还不算大，要闹得欢一点儿，让米纳不得不处罚巴力才好。

她特地看了两集国产剧，学了学婆媳剧里浮夸的演技。

于是，当晚温晚不声不响地撕了床单和被套，拧成一条条的绳，等到监视她的人赶过来时，温晚已经把绳子绕上了吊灯，打了个漂亮的结，踏上小板凳准备就义了。

这把米纳的手下吓得不轻，直接就拉了警报。

温晚也是第一次见识到原来她的房间还有警报呢。

早知道就直接按警报的，免得抠了那个人那么多下，指甲缝里还沾着那个人的皮肤，就算挑出来了也觉得怪恶心的，不知道带不带病。

米纳半夜被吵醒，正憋了一肚子火，一听是温晚要寻死，一下子就清醒过来了，只觉得头皮一阵发麻。

等他赶到现场，听着温晚的号啕大哭，头皮又是一阵发紧。

这姑娘看起来瘦瘦小小的，怎么就这么能哭呢。

“怎么回事？”

米纳问。

周围的人都摇摇头，温晚说的外国话他们听不懂。

米纳算是听得懂一点儿中文的，但是仅限于一些标准的普通话，对于温晚说的不知道是哪里的方言，米纳表示一脸茫然。

偏偏她还滔滔不绝，听起来语气十分恶毒，仿佛连赌咒都用上了。

米纳见翻译来了，连忙指着温晚说：“你快翻译翻译她说的是什么。”

翻译认真听了一会儿，基本表述了温晚的意思。

米纳一脸茫然：“清白是啥？为什么她不能结婚了？”

“那个……”翻译纠结了很久该怎么表述这个背景，最后选择了比较温和的解释方式，“中国人是很看重贞操的，和陌生男人稍微牵个手都不行，她被碰得太多了，在她的观念里，可能已经等同于强奸，她不能接受，就想寻死……”

米纳听得目瞪口呆，温晚听得直翻白眼。

米纳心想自己也算去了中国不少地方，虽然不算“中国通”，但也是见过大世面的。在他的印象里，即便中国女人没那么开放，但也不至于保守到被人碰个手就要寻死吧？

温晚心想你真当姐姐听不懂你在说什么吗？你为什么不说“一哭二闹三上吊”是中国女人的传统套路，这代表的是心愿没能得到满足的“作”。

只是姐姐“作”得比较大而已。

“那个……”米纳一时不知该怎么劝温晚，心想她不是嫁不出去嘛，干脆把她许了人，“要不我安排你和他的婚礼？”

“不！”温晚本能地大吼一声，把米纳都怔住了。

她突然反应过来是不是哪里不对。

她的演技好像太浮夸了，和她一贯的形象不符，忙往脖子上套白布，以掩饰情况的尴尬。

米纳还没从巨大的震惊中回过神来，声音还是飘忽的：“你想怎样？”

“我不想嫁给他。”温晚边吸鼻子边说。

“这样好办。”米纳松了口气，“不结婚也行。”

“我觉得他就被骂了一顿，这和我受到的伤害不对等，我感到了不公平。”温晚继续吸鼻子，她发现米纳有些松口了。

“这也好办。”米纳终于知道了她的想法，“我降他的职好不好？”

“好！”温晚立即从板凳上跳下来，也不哭了，气也顺了，老挝话也会好好讲了，“Boss万岁！”

米纳有些累了，他还拖着病体，大半夜被从睡梦中喊起来，此刻正困得不行：“没事了吧？没事我就先走了。”

“Boss慢走。”

温晚目送米纳一行人离开，然后心满意足地关上门。

先生说得对，有些人就是喜欢调和折中的。譬如你说，这屋子太暗，须在这里开一个窗，大家一定不允许的。但如果你主张拆掉屋顶，他们就愿意开窗了。

事实证明，米纳就是这种人。

▷▶ 4

温晚心满意足地闭上了眼。

凭米纳的性格，这个人就算犯了错被降职，也就是一段时间的事，过段日子米纳想起来，这个人还是要回来的。

还不如用来给柏骞铺路。

果然不出一个星期，米纳就借口把巴力重新提回来，当然也象征性地给了温晚一点儿补偿，免得这丫头一时心里过不去，又作。

温晚看到巴力时，不理不睬。巴力被整了一顿后，顺服了很多，主动跟温晚示好，当着米纳的面道歉。

米纳见他难得这么讨好一个姑娘，心里有些不忍，让温晚点个头示意下就过去了。

温晚哼了两声，表示知道了。

米纳也开心起来，他可不愿这两个人一直闹矛盾。

他其实挺看好医术高明、认真负责的温晚，要是她能和巴力在一起，那既稳住了部下又控制了温晚，一举两得。

然后，他很高兴看到巴力和温晚之间的气氛渐渐缓和了起来，经过这一次，巴力似乎表现出了对温晚一直以来的爱慕，时不时给温晚送些吃的。

温晚一开始还爱理不理的，后来也渐渐接受了。

米纳会打趣温晚几句，但看到她的脸渐渐红了起来，知道她害羞了，也不再过问，有时候心情好的时候，还会给他们放个假，去花前月下你侬我侬什么的。

最重要的是，自从巴力回来后，那个“猥琐流”打法的对手似乎受到了重创，渐渐消停了。听着越来越光彩的战报，米纳心情也很好。

看巴力和温晚更加顺眼起来。

年轻人嘛，热起来快。

米纳这么想着，年轻真好。

温晚在看到巴力重新回到米纳身边的那一刻，就知道他是柏骞。

不为别的，那种坚毅中还带着柔情的眼神，只有他有。

见米纳接受了他们已经和好的设定，温晚知道他们可以进入下一步了。

她跟着柏骞那么久，终于可以享受一下柏骞追她的过程了。

日子似乎蜜里调了油一般，甜到让他们似乎忘记了该做什么。

“真正的巴力呢？”有一日约会时，温晚问道。

“在我脸上。”

柏骞的话把温晚吓了一跳，她瞪大眼睛看着柏骞，发现他没有说谎的模样。

那……该有多可怕？

温晚光是想着就是一阵又一阵地反胃。

纵然她是个医生，也接受不了，这样残暴的手段。

“他是自作孽不可活。”柏骞说得轻描淡写，“你怕了？”

温晚摇摇头：“不怕。”

柏骞笑了笑：“你觉得我会是那种人吗？”

“哪种？”

柏骞指了指自己的脸。

温晚顿了顿，突然意识到了什么，一拳捶在他的心口：“你居然是骗我的！”

然而，即便他们已经很注意隐蔽。

即便他们在米纳面前已经很谨慎了。

但在米纳的地盘上，什么问题都有可能发生。

“他们说的语言你们听不懂？”米纳挑了挑眉，一副无法相信的模样，“温晚是个外国人，巴力是什么人我可清楚得很。”

“那个女人似乎在教巴力她那里的语言。”报告的值班小队队长解释，“有几次我听到巴力在很执拗地练习。”

“是嘛。”米纳笑了笑，“可是巴力那家伙可是有名的榆木脑袋，除了一身蛮力，什么都没有，不然也不至于因为个女人被降职了……居然爱学习了？”

这真的只是爱情的力量？

米纳摇摇头，决定试探一下巴力。

第二日，巴力跟他汇报完工作，米纳示意他坐下，和他聊了聊：“你工作做得不错，听起来和温晚谈恋爱谈得很顺利？”

巴力沉默了，这个五大三粗的汉子居然露出了害羞的表情："还……还可以吧。"

"我这里是很开明的。"米纳摆摆手，"不会因为你谈恋爱就对你有什么意见，只要你还一如既往地好好工作……"

"我一定好好工作！"

巴力立即起身保证。

和米纳印象里的巴力一模一样，还是那般性急和莽撞。

米纳摆手让他坐下："你的能力和决心我都能看出来，就想问问你，最近在学汉语？"

"嗯……没有没有。"巴力扭过脸，"怎么会学那种东西，以后温晚可是要跟我留在老挝的，学了也用不上。"

"哈哈哈。"米纳大笑起来，"巴力啊，你跟了我那么久，我不说对你完全了解，也算是知道你的脾气。你最学不会的就是说谎。说，她是不是让你学了？"

"嗯……就几句，她说我说着好听。"

▹▸ 5

"这不就得了。"米纳挥挥手，示意他可以走了，"就说几句外语而已，没啥不好意思的。"

巴力挠挠头，没再说什么，一副憨憨的模样。

米纳放下心来，看来巴力没什么问题。

但是温晚呢？

他选中温晚就是因为她医术可以且冷静有胆识，可是这样的她，影响力似乎也太大了。

柏骞离开米纳的办公室，立即担心起了温晚。

他的能力之一就是在很短的时间对他人进行复制，一模一样的复制，可以让他最熟悉的人看不出破绽。

但他担心温晚会心乱。

米纳是个狡猾的人物，他不得不防。

对于米纳而言，信任是十分奢侈的东西，一旦失去了，就再无重获的可能。

而米纳对温晚的信任，从来都岌岌可危。

温晚沉迷工作和恋爱，因为心里没了挂念，心情比以前好了许多，人也不自觉地开朗起来。自从柏骞到了她身边，她就自动切换回闲鱼模式。

反正一切都有柏骞，用不着她操心。

然而连米纳都注意到她心情很好，就不是什么好事了——

“心情不错？”

这天温晚为米纳换完药之后，米纳突然问了一句。

大脑还沉浸在和柏骞约会中的温晚一愣，还没说话，脸就红了。

“年轻人谈恋爱没问题，可要注意节制啊。”

温晚的脸更红了：“那个……Boss，不是你想的那样……”

“呵，我也年轻过。”米纳笑了笑，并不把温晚的害羞放在心上，“这些事我都懂。”

温晚低下头，决定不说话了。

“不过，正因为这样，我想通了。”米纳低下头，看着温晚，“你知道，我的枪伤虽然严重，但总有好的那天。你虽然医术不错，但终究只能应急，在我身边待不长的……”

他的尾音轻轻勾起，温晚本能地一哆嗦。

“Boss……”

不祥的预感在她的心里生根，甚至有些令她不寒而栗。

米纳一眼便看穿了她的心思：“就是你想的那样，我身边从不留没有用的人。”

温晚强压内心的恐惧，没有说话。

纵使她知道米纳没把话说绝便是一切还有转机，但此刻如果硬要她说出什么，她也只能哆哆嗦嗦着说不出口。

因为她知道，米纳说的都是真的。

他说得出口的事，都做得到。

“不过，我现在发现，你其实还是有点儿用处的。”米纳一只食指支起温晚的下颚，“你可以帮我笼络巴力。”

温晚似懂非懂地点点头：“要我做什么？”

“你什么都不用做。”米纳依旧笑着，只不过笑容背后冷意渐显，“或者说，你所做的，就是接受。”

“接受？”

“接受巴力，和他一直在一起。接受……你成为我的义妹。”

温晚深吸了口气。

这样的好事……可能吗？

“怎么，不敢？”

温晚看着米纳的眼睛，缓缓地点了点头：“敢。”

“这就对了，你知道我最欣赏你什么吗？”米纳盯着温晚瞳孔里的自己，似乎只是对着镜子欣赏刚刚捯饬过的容颜，“你没有男人的野心，也没有女人的懦弱。这样的人，做我的义妹，再合适不过了。如果你真的像你所说的那样，没有任何亲人。”

温晚在第一时间把米纳要收她为义妹的消息告诉了柏骞，柏骞沉吟很久，也没想出来米纳为什么要玩这一手。

如果只是单纯的试探，成本着实高了些。

可是……

“现在就静观其变吧。”柏骞最后这么说道，“此时激怒他绝不是什么好主意。”

更何况……

柏骞看着一脸认真的温晚，突然觉得就这样和她结婚似乎也很不错。

一场战地婚礼……

若是以后想起，也是十分不错的回忆。

“那就这么决定吧。”温晚摸了摸下巴，“米纳那边还等着我回信呢。”

“好。”

米纳认温晚为义妹和温晚即将与巴力结婚的消息在第一时

间传遍了整个米纳集团，许久没有好消息的集团内部如沸开的水，从上到下都无比兴奋地讨论着这件事。

巴力这几天很忙，忙着和弟兄们喝酒。

那些和巴力同生共死过的弟兄们绝大多数还是单身，在巴力惹了温晚后还看他热闹来着，没想到这一场热闹竟给他换来个媳妇。

纵然降职了一段时间，但日后就是米纳面前的红人了，自然得各种巴结了。

巴力也不计较，仍是一副莽撞模样，只要有人喊喝酒他就应下。

当然少不了有人打趣他："都快结婚了，女朋友没让你少喝点？"

巴力依旧憨憨地笑："她说婚后会管着我，现在让我先浪一段。"

眼底里全是戏。

温晚也很忙。

米纳的身体已经好很多，不用温晚亲自换药陪同了，并许了她几天假期，让她准备自己的婚事。

温晚表示自己大姑娘上花轿头一遭，什么也不懂。

米纳大手一挥，指了个大妈，让温晚自己学去。

大妈乐呵呵的，很热情，问温晚想要中式的还是老挝式的婚礼。温晚正为难的时候，喝醉未完全清醒的巴力歪歪斜斜地走过来："两场都办，一场给道上，一场给温晚。"

"中式的我不懂，老挝式的我还能提些建议。"

大妈如是说。

很显然，老挝式的婚礼是办给米纳集团和整个走私道上的人看的，毕竟米纳也是当地有头有脸的人物，此次又是嫁妹妹这般大事，耽误不得。

按照温晚如今的地位，柏骞要“倒插门”了。这对温晚而言难以接受，但在老挝却是十分普遍的现象。

温晚事后问柏骞是否后悔，柏骞一脸无所谓：“我家死得就剩我一个了，你觉得我看起来像是有王位要传给后世的人吗？”

温晚没有说话。

柏骞还不知道……她已经知道了他的身世。

但他既然不愿承认，她便当不知道罢。

也是因为这场婚礼，温晚才知道原来的那个巴力多有钱。按照老挝的习俗，倒插门女婿上门是要“99999999”的，寓意天长地久。“9”的个数随意，柏骞却愣是凑全了。

“为什么要这么多？”温晚问。

“当证据。”柏骞说，“我特地走了银行，方便以后查。”

“巴力的密码你是从哪里知道的？”

“你不会真以为他死了吧？”

温晚愣了一下：“麻烦你以后不要随便吓唬我了。”

▹▸ 6

到了温晚和巴力结婚的当天。

温晚跪坐在一侧，终于见识到了什么叫财大气粗。

巴力是一路发着红包过来的。按道理他只需把红包给温晚的亲人，但温晚的亲人如今是米纳，米纳的手下自然人手一份。

他身后还跟着很多人，抬着重重的箱子走向礼堂，只待吉时一到，便将箱子里的礼金全部放到礼钵中。

听说，在老挝习俗里，这是男方给女方的“赎金”。

伴随着长者念完长长的经文，终于到男女双方交换戒指的环节。

照例，长者问一句：“是否有人反对他们在一起？”

谁都没想到，会有人真的站起来：“我反对！”

温晚和柏骞同时回过头，发现是鲁塞。这个人平日里总跟在米纳身后，极为衷心。此番行为若不是真心反对，便是米纳的授意。

想到这里，柏骞暗暗攥紧掌心。

糟了，上当了。

然而噩梦的网一旦张开，便不再轻易回笼。

众目睽睽之下，鲁塞走到他俩面前：“如果我没记错，今天除了是你们结婚的日子，还是温晚认大哥为义兄的日子吧？”

柏骞没有说话，温晚则愣愣地点头。

难道有什么变数？

这可是米纳亲自提出来的啊……

“那就对了，温晚现在和我们是一家人了，大家还记得一家人的规矩吗？”

下面立即有人抢答：“不分彼此！”

“是啊，不分彼此。”

鲁塞冷冷地笑着，蓦地抽出一只针管：“那就请温晚姑娘来上一支吧。”

温晚脸色一变，柏骞腕上的青筋暴起。

原来他们打的是这个主意！

好狠的心思。

温晚不动声色地抚着柏骞的胳膊，示意他冷静。

柏骞顿了顿，这才伸出手去接针管，仍是一副憨憨的模样：“一上来就用针恐怕她受不住，我代了吧。”

一只纤细的手拦住他：“别，既然指明了是我，那就只能是我。”

柏骞看了眼温晚，试图去忽略她眼中的泪水。

“我是医生，我知道怎么做……”

她边说话边咬着唇，尽量不让自己哭腔出来。

以前的柏骞也是这般吧……

被他们这样为难过？

那他又是如何应对的呢……

他是不是也染上过毒瘾呢？

“我就喜欢这样识大体的女人。”鲁塞把针管送到她手中，“来吧，自己用。”

温晚接过针管，尽量不让自己的手颤抖。

这一针下去，她就要彻底告别以往的生活了……

柏骞怔怔地看着她，想要去阻止她，却不能。

那样会让他俩都陷入危险。

温晚回过头，看了柏骞一眼，轻轻比了个口型。

那两个字从柏骞脑海中一闪而过，他却花了很长时间才反应过来她说的是什么。

再见。

再见，柏骞。

再见，曾经纯洁的自己。

事后，柏骞反复回忆这一幕时，才突然意识到“再见”的意思。

那样爱哭的温晚，眼泪都攒聚在眼眶里的温晚，那天，一滴泪都没落下来。

她心意已决。

原来吸毒是这样的感觉？

温晚治疗过因吸毒染上重病的人，见过毒瘾发作时他们痛苦不堪的模样，但从未想过有一天，自己也会遇上这样的情况。

她感觉脚下很轻，一切都仿佛失去了重力，变得轻飘飘的。气流在一瞬间学会了拐弯，她在风中站立不住，两边是深陷的漩涡，一不留神便会被吸进去。她处在两块巨大漩涡的中间，摇摆不定。

周围的人渐渐模糊，她揉了揉眼，却什么都看不清。

热气在她的身边蒸腾，渐渐地渗进了她的心里，燃起了一簇火焰。

她感觉好热，好热……

“阿晚！”

有谁在叫她？

温晚迷茫地抬起脸，想看却只看到一片马赛克。

声音好熟悉……

猝不及防地，一只手紧紧地握住她，温晚感觉更热了，本能地就要甩开。

“阿晚，听话！”

熟悉的声音再次响起，温晚想不出那人是谁，内心有些烦躁。

断断续续的声音从她喉咙里飘出来，她觉得应该没人听懂她在说什么，实际上她自己也不懂自己在说什么。

不过这些都不重要，她只需要知道把他赶走就行了。

他的力量着实太大，弄得她很疼。而且他周身散发着十分不友好的热气，让她感到分外不舒服。

似乎有什么强制的力量，让温晚觉得他是在阻碍她。

赶走他……赶走他……

有个声音在心底对温晚说道。

起初，温晚还是十分犹豫的，紧紧挥舞着胳膊。但随着时间的延长，烦躁在她的心底升腾。她终于忍无可忍，把身边的人往边上一推，然后迅速脱身。

她逃得是那样轻捷，仿佛是狂风中的一张纸，连方向都不需要了解。

随波逐流……

这个词在她脑海中一闪而过。

温晚咧开嘴笑了笑。

对了。

她现在就想随波逐流。

最初的恶心、反胃已经过去，她沉浸在飘飘摇摇的幻想里，忘记了刚刚注入体内的是什么，忘记了她曾经有过的动作，忘记了她周围有什么，忘记了她为什么在这里。

甚至忘记了，她是谁。

被温晚一把推倒在地的柏骞感受到了带走她的难度。

他本期待着温晚注入毒品后还能保持一瞬间的理智，毕竟从他长期的办案经验来看，第一次注入毒品的人往往会产生本能的排斥，通常是身体适应了毒品后才会产生幻觉和快感。

然而现实和他想象得完全不一样，温晚的表现完全是个资深的瘾君子，并且很快分不清他是谁。

他想强行带走她，但是温晚反抗得很厉害。他不想伤害她，便不太用力，想等她消停些再动手，没想到温晚的情况越来越严重，甚至开始胡言乱语……虽然没人能听清她说什么，但眼见她将手伸向了自己的衣服，柏骞终于忍不住，出手阻止了她。

没想到她的皮肤那般脆弱，柏骞一动手便在她手上拉了道口子。

温晚虽然在幻觉中，却也能感觉到疼痛，反手将他一推。

柏骞没料到她会对他动手，且本能反抗的力气十分惊人，他猝不及防一下子跌倒在地。

就在他还处于愕然中没回过神时，有人在他脑后重重一砸。

柏骞坠入了黑暗。

▹▸ 7

柏骞醒来时，已经处于一片废墟之中，四周有一些快枯死的树木，也有七零八落的建筑物。他望着陌生的环境，一瞬间恍如隔世。

之前发生的一切仿佛一场幻梦，他似乎从不认识温晚，也没有变装进入米纳集团。

至于他的假身份……都是不存在的。

他只是追击米纳到了这里，然后丢失了目标。

仅此而已。

不，不对……

柏骞摇摇头，后脑的疼痛还未散去，他的视线还有些模糊。他不自觉地抚上心口，那里似乎什么时候被拉扯到了，有些隐隐地疼。

还有些空落落的。

他的温晚，他弄丢了。

柏骞坐在杂草地上，怅然若失。

记忆随着视力的恢复在渐渐复苏，不久前发生的一幕幕浮上心头，让他喘不过气来。

他还记得混乱局面中的米纳，从始至终就没说过一句话。

但是一直望着他，眉眼弯弯地笑着。

一切尽在掌握中。

“柏，你是个优秀的个人，但仅此而已。”

多年前，米纳说的一句话，此时不合时宜地回荡在他的耳畔。

有多久了呢……

应该是他母亲去世的那年……

他失去了母亲，弄丢了米纳，事后米纳送来了嘲弄，让他的怒无处发泄。

而如今的他，却只觉得无所适从。

他是个优秀的人，却保护不好他人。

他的母亲因他而死。

边岩和边翰也死了。

现在温晚也……

他忘不了温晚拿起注射器时眼角一直未落的那滴泪，也忘不了她推开他时那陌生而又冰冷的眼神。

他知道那不是她。

可是他将她变成那样的。

他慢慢地站起来，却听见“咻”的一声从他脸颊边擦过。

抬起头，只见不远处树上深深扎着一支箭。

箭上挂了一封信，只有一句话：

回去搬救兵吧，失败者!

如此狂妄的语气，只有米纳才会有。

柏骞将箭折了，将纸团丢到一边。

既然能这么准地射出这支箭，说明米纳的人离这儿不远。

柏骞没指望自己能看到谁，毕竟他现在手无寸铁，对方倒是手握远攻武器。他找了很久没看到有其他代步工具，基本明白了米纳的驻地离这里不会太远。

毕竟米纳是要得到他第一手资料的人啊，这种偏远的地方，手机信号极弱，根据米纳一贯的脾气秉性，应该不会错。

柏骞心下有了计较，便没有多待，径自离开了。

米纳说得对，他确实需要救兵。

和费野一起来的，还有一个人。

柏骞面无表情地看了对方一眼，没有说话。

连和费野打招呼都忘记了。

费野感觉到了气氛的尴尬，也意识到了自己的责任重大。“你们应该都认识吧，这位是温晚的哥哥，温北。这是柏骞……”

温北点点头，柏骞也点点头。

太尴尬了。

费野第一次生出了临阵脱逃的念头，事实上，他不需要多待：“温北过来找你有事要说，你们私下聊。”

说完他便离开了。

温北和柏骞都很默契地等费野走了之后才面对面坐下。

“我妹妹呢？”温北问。

柏骞看着他的眼睛：“在米纳那里。”

“砰。”

温北一拳砸在柏骞左脸上：“这一拳我替温晚砸的。”

说着第二拳砸在他右脸上。

“这一拳我是为温家砸的。”

然后第三拳，柏骞出手握住了。

“如果这一拳是为了我哥哥，那就算了。”柏骞缓缓地将温北的拳头搁下，“我不欠他什么，也不欠你们温家什么。你自己知道你在做什么勾当，说到底是你毁了我的兄长，也毁了你自己。之所以接受你第二拳，不过是看在我欠温晚的太多了。”

温北被他气得胸口一起一伏的，但他什么话也没说出口。

他知道柏骞说得是对的。

若不是当初柏如良一意孤行，不听他的劝告，执意不让柏骞进门，如今事情也不至于如此。

柏如良从未将柏骞放在眼里，但是温北却知道柏骞是个人物。如果可能的话，温北更希望是柏骞继承柏家的产业，然后与之合作。

谁料柏骞也不开窍，坚决不肯加入他们的生意，反而成了他们的死对头，这让温北对他恨之入骨。

但是，谁让温晚落在他手里了呢。

他虽不愿意自己的妹妹嫁给柏如良那种人，但在温北的心底，害得温家折损了一半身家的柏骞，其实更不是东西。

不过，柏骞看他也应是如此吧。

毕竟他已经从柏骞眼中看到了“渣滓”两个字。

“你和你母亲一样令人生厌……”

温北最后一个音还没有落实，只听“哐当”一声，他被狠狠地推了出去，摔落在地上，身上还压了张茶几。

柏骞则冷着目光站在他面前：“我倒不知道是什么给了你们这些败类勇气——违法乱纪却理直气壮，觉得好像全世界都欠你们的一样。阿晚染上的毒品，就有你的一份功劳。”

“你说什么？”温北的双眼豁然瞪大，“你是怎么保护她的？她怎么会？她怎么可以……”

“米纳逼着她吸毒，我想替她挡了，她却自己接了过去。”柏骞的神情是一贯的面瘫，但声线已经明显绷不住，“对米纳而言，你不过是个连名字都不需要去记的小角色。但是，当年我母亲的身份和位置，是你告诉米纳的吧？”

柏骞一边说着，一边伸腿在茶几上踹了踹，顺便观察了四周的形势：“这个房间里没有监控，很好。”

温北不是很明白柏骞说的“很好”是什么意思，但他很快就清楚了。

因为柏骞更加不留情地动手了——

他搬了张椅子，坐在温北面前，一脚搁在椅子横栏上，一脚搁在翻倒的茶几上，肮脏的、沾了泥和血的鞋面正对着温北的脸：“现在谈话开始。”

温北向来养尊处优，哪里受过这样的罪：“你这样是不合法的……非法取证！”

“谁要和你取证。”柏骞狠狠地啐了一口，“我就是看你不爽，想揍你。”

温北这才发现骨子里比谁都正直的柏骞流氓起来还不如米纳五讲四美三热爱。

“温大少爷真是在高层待惯了的人，只知道文斗不懂武斗是吧。”柏骞神情狰狞地笑着，“抱歉，我就是粗人，你们文人的这一套我不懂，我就知道，谁拳头硬，谁说话算数。”

温北从前也是吃人不吐骨头的，但直面血腥的情况几乎没有，毕竟他手底下不养闲人。他只需要想出个阴险的法子将人坑了，那些双手沾血的事，自然有人替他去解决。

来见柏骞之前，温北想好了所有见招拆招的办法。他就像个棋手，坐在空气棋盘前想好了所有的路数，就等着柏骞出破绽，他一一破之。

顺便还能报以优雅的微笑。

谁知道柏骞直接拎着棋盘向他砸过来，顺便还把桌压在了他的身上。

至于这只脚……真臭。

温北好想骂脏话。

▷▶ 8

“你不是觉得我很讨厌吗？”柏骞双手抱肩，“那我就讨厌给你看。”

“至于我的母亲……”柏骞悠悠地吐着气，“当初强奸她的柏晔岂不是更恶心？”

温北没有说话，柏骞的身世他是听说过一些的，毕竟在他掌握的资料里，姓柏的一家确实都不怎么是人。只是温北不在乎，柏如良来主动抱他的大腿，给他送保护费，他没有不收的道理。

“你其实一直悄悄地跟着阿晚吧。”柏骞的语气像是在发问，却言辞笃定，“阿晚告诉我她通知过你她的动向了，然而她在面临险境的时候，你却不在。我逃出来的时候，你倒出现了。”

“说得好像你保护好了她一样。”

“你说得对，我没有保护好她。”柏骞生硬地点头，“所以我要去救她，你不给点儿表示吗？”

温北终于听懂了柏骞话里的意思：“我拒绝，温晚我自己会救。”

“呸。”柏骞毫不留情地耻笑他，“你跟在我们后面那么久，为什么不动手？还不是怕米纳？”

柏骞的话让温北沉默了。

没错，柏骞是对的。

虽然温北和米纳没有直接上的生意关联，但他毕竟对道上的事有所耳闻，一直都是给予米纳方便的，用柏骞的话说，他是米纳的帮凶。

“给你个改恶从善的机会。”柏骞将脚从温北的脸上拿开，“说得官方一点，叫给你一个有‘重大立功表现’的机会，把米纳的弱点告诉我吧。”

在柏骞的鞋底和他软硬兼施的言语攻势下，温北终于支撑不住，将他知道的一切和盘托出。

事实上，温北也确实担心温晚。他自己心里也清楚，如果柏骞救不出温晚，这个世上就不会有其他人能救出温晚了。

“从此金盆洗手吗？”

柏骞问。

温北点头：“我只做清白生意。”

“积点德吧。”柏骞瞥了他一眼，仿佛他们现在不是身处异国他乡，而是在讯问室里，“记得写份情况说明和反思结果，以后上了法庭或许用得着。”

“真的会被起诉？”

“你觉得我们手里真的没你的证据？”柏骞斜着眼问。

温北陷入了沉默，良久才开口：“有些钱还是干净的，我想留给温晚……”

“这个我会安排好。”柏骞的语气严肃起来，他搬开茶几，将温北拉起来，“我会照顾好她。”

“但我要你离开她。”温北说道，“她有今天全是因为你，你要照顾她也得悄悄地，我不想她再因为你受到伤害了。”

你就是个灾星！

这句话温北留在了心里，他怕再被柏骞揍一顿。

柏骞想了想，最终答应了：“我答应你，悄悄地照顾她。”

纵使温北那句话没有说出口，柏骞也从他眼中看到了他心中想表达的。

且，深以为然。

费野再一次见到温北和柏骞的时候，明显感觉到两人之间的气氛和谐了许多。温北身上那种凛冽不见了，柏骞一贯的生人勿近，倒也没有别的什么变化。

看来是柏骞把温北整服了。

费野想。

的确，柏骞虽然常年卧底，但审讯的功底是不差的，骨子里又是硬脾气，耐磨得很。这世上能磨得过他的人，真是少之又少。

相较而论，温北简直就是小巫见大巫了。

“温北什么都说了。”柏骞边说边瞥了眼温北，温北很不情愿地站出来，有些担心他慢一点儿就被柏骞拎出去了。

费野点点头，眼底是深深的服气。

他和温北不熟，但对他的名字也有所耳闻。温家大少，黑白两界通吃的人物，经常走在法律的边缘，让人忌惮又无可奈何。

看他如今的模样，看来是被柏骞好好治过的。

所以真的是“武功再高，也怕菜刀；衣服再好，一砖拍倒”。

“根据我对米纳为数不多的了解……”温北尽量不去想柏骞凶神恶煞的模样，“他在老挝的基地应该有三处。第一处已经在几年前被柏骞毁掉了，听说又重建，但不知是否投入使用。第二处是柏骞和温晚潜入的地方，具体在哪儿你们也知道了。第三处的话……我听柏骞讲他曾被扔在一个陌生的地方，凭他的描述，他可能就站在第三处基地的位置上。”

“所以说……第三处基地是在地下？”费野问。

“很可能……是。”温北的语气并不是很确定，“那里应该是米纳的老巢，见过那里的人要么死了要么就一直在里面没出来。我之所以能知道也是先前顺手救过一个米纳的手下，从他的讲述中，知道了这些。很不幸，他最终没能活下来，不然可能得到的信息会更多。”

“已经足够了。”柏骞铺开一张图纸，这是温北昨天让人送过来的，虽然是张草图，但绘制得十分细致，重点区域都做了相应的标注。

基地的东北角写着“水牢”二字，他们推测，温晚可能被关在了那里。

“这个水牢的基本资料你们有吗？”费野问。

温北摇头，柏骞表示不知。

“那也只能按照米纳一贯的手段进行推测了。”费野低头想了想，“米纳手中的人质很少有活下来的，这一点心理准备，你们要有。”

温北没有说话，柏骞沉默片刻，沉重地点了点头。

“过去也有为数不多的人质被解救了回来，但大多心智上都产生了问题，有个别意志坚定的，也只是简单地透露了几句，但就那几句，便足以让我们知道，米纳对待人质，是何等地残忍。”

“是怎样的？”

温北急切地问，柏骞则静默一边，神色愈发凝重。

温北不知道其中的实情，柏骞却知道得一清二楚。他亲眼见过人质身上的累累伤痕，有一些人质一心求死，在亲人面前也毫无求生的意志。有一些人精神彻底失常，只知道念叨着谁都听不懂的话。还有一些人稍微好一些，极短的、清醒的时刻会冒出一两句意味不明但吐字清晰的话语，但更多时候不是沉默就是沉睡。

他们所有人身上都有大大小小的注射器留下的痕迹，因此费野和柏骞推测米纳可能在进行什么人体试验。

▹▸ 9

这样的事，极为残忍。即便是发生在陌生人身上，柏骞看到了也觉得不忍直视，更无法想象这些还有可能落到温晚身上。

费野也意识到当初让温晚成为米纳的随行医务人员之举着实有些草率，但这世上没有后悔药一说，他能做的，只有配合柏骞救出温晚。

并且，祈祷她平安无事。

滴答，滴答。

温晚从昏迷中醒过来。

滴答，滴答……

一滴水落在她的鼻尖，刺得她的皮肤火辣辣地疼。

四周泛着酸腐的气息，温晚被吊在半空中，手腕上的伤口渗血结痂再被撕开。眼睛酸酸的，泪腺失去了作用。她只觉得疼，却说不上哪里疼，浑身上下都火辣辣的，没有一丝力气。

她张了张嘴，喉咙滑了滑，却像阻塞的轨道，怎么都滑不动。

温晚干脆不说话了。

省些力气，让自己好过一些。

然后，她听到了铁门被打开的声音。重重的链子碰在厚厚的、生了锈的锁上，沉闷、刺耳。

她觉得吵闹。

水牢的地面是加了厚的石板，走在上面脚步声也变得沉重起来。米纳走路的习惯不好，喜欢拖着步伐，沉闷的声音里便带了一些刺耳的沙沙声，听得温晚心烦意乱。

好烦躁……

温晚心里升腾起一股无名火，不由自主地在半空中晃了晃。

“你醒了。”

米纳在她面前坐下，一抬手，一盆酸臭的水从天而降，将温晚从头到脚淋湿。温晚湿漉漉地瑟瑟发抖，不想说话，怕发梢淌下的水渍会落到她嘴里。

“你和柏是什么关系？”

米纳问。

“我喜欢他。”

温晚懒得和他虚与委蛇，自打她决定将注射器里的东西注入体内后，她就觉得自己已经废了。就算柏骞来救她，她都不觉得自己还能和他在一起。

不来救她正好，她安安静静地死，省得柏骞还要看到她毒瘾发作的鬼样子。

太难看了……

她对毒品的研究不多，知道有的毒品用一次就会产生戒断反应。而且新型毒品总在更新换代中，谁也没法保证自己了解其全貌。

“那他呢？”米纳轻轻地“呵”了一声，“他喜欢你吗？”

“我也想知道。”温晚抬起脸，无辜地笑了笑，“他从来没跟我直接表达过，我也在等他的回应。”

“不能看他的表现？”

“你觉得他喜不喜欢我呢？”温晚问，“他做戏的本事，你又不是不知道。”

米纳沉默了，他觉得温晚说得有道理。

“也就是说他不会来救你了？”

米纳的语气里带了些凶狠的腔调，仿佛只要温晚的回答稍有不慎，随时便把她就地处理了。

然而温晚不怕："谁知道呢，你大可以认为他不会来救我，然后放心地把我杀掉，不做任何防范。看他是不是真的不来。"

"你在威胁我？"米纳又是一抬手。

又一盆水从天而降。

温晚已经习惯了难闻的气息，好在她已经很久没有进食，空空的胃里也没有什么能呕出来的东西。

"我只是提供了可能性。"温晚吐了口气，环境着实有些冷得吓人，"让我猜猜你为什么不杀掉我，因为你知道，我一死，柏骞就会知道。我没死，为了保护人质，他还有所忌惮。一旦我死了，他对你们会不会手软呢？"

米纳觉得如今的温晚已经变成了一块滚刀肉，和柏骞那种流氓没有本质的区别。他顿时失去了和温晚继续对话的兴趣，径自带人离开了。

他处理人全看心情，本来他是带了药物过来解除温晚的痛苦的，毕竟她在他身边那么久，虽然是个卧底，但也没造成太坏的影响，还将他的枪伤治好了。米纳在心底还是给她留了一些情面的。

但是此时，他决定不那么做了。

温晚的倔强让他心情不好。

米纳走了没多久，温晚开始有了强烈的反应。

像是有无数的蚂蚁啃咬着她一般，她荡在半空，晃来晃去，试图让自己好受一些。

然而，无济于事。

温晚在心底里为自己叹息。

明明知道会是这样的结果，当初却义无反顾。

可真是傻。

她已经搞不清楚自己所做的这一切是为了柏骞还是什么……若是为了柏骞，她大可以等着他将她带走，就算暴露身份，也比现在染上毒瘾要强得多。

毕竟如今的她和柏骞在一起，才是拖累。

她已经想好了，如果能顺利离开，她就远走他乡，继续学医，自己将毒慢慢戒了。

如果死在这里了，她就什么都不想了。

她被柏骞救过两次，遇见他、爱上他、与他重逢、为他而死，心满意足。

她迷迷糊糊地想着，听着脑袋上隆隆的声响，以为是米纳加水的声音。

米纳回去后便觉得心慌意乱。

不知是被水牢的气氛感染了还是被温晚气的，他辗转反侧怎么都睡不着，满脑子都是水牢里温晚那张带笑的苍白面容。

明明已经是那副样子了，居然还笑得出来……

这样的男人，他见过很多。

这样的女人，温晚是第一个。

当初他选中了温晚，便看中她是个女人，而且身上毫无被训练过的痕迹。

他很清楚费野和柏骞的做派，他们是不可能选一个女人来做卧底的。就连当初柏骞的母亲，虽然是个女警，但也并非真正的一线。

温晚是医生出身，却敢深入他的集团，不知是什么带给她的勇气。

或许，只是爱情？

米纳想起假扮成巴力的柏骞，心里泛起一阵阵忌惮。他与柏骞相识多年，从不知柏骞还有这般本事。

凭他对柏骞的了解，像柏骞这样有个性的人，无论如何都不会低下头来去模仿别人。

可是柏骞做到了，还做得十分漂亮，足以以假乱真。

米纳心有余悸的同时只能庆幸同样的招数柏骞不会使用第二次，不然简直是犯规。

▹▸ 10

柏骞确实不会对米纳使用两次同样的招数，但他可以换个人使。

获得温北提供的路线图后，费野派出了一个小队由柏骞指挥。柏骞知道此次行动非他单打独斗，起码多少人去还得多少人回来。

他将基地的八个入口位置进行了分析，制订了极为详细的潜入计划——以试探为主、潜入为辅、不被发觉为上，一遇危险立即撤退的游击式、运动式打法，而他则伺机独自潜入东北角水牢附近，等待机会解救人质。

“队长，如果他们的人员分布很密集，潜入困难怎么办？”

有个年轻小伙子问。

“你看过《三十六计》吗？”柏骞问。

小伙子点点头。

“那你就想办法找到这个位置，把他们这里给炸了。”柏骞指着地图上的一个位置，“这里不是很重要，应该是放一些淘汰品的仓库，没什么人把守，进入条件也很差，但是由于积压物品太多，十分易燃，你把这里炸了，吸引其他人注意力。掩护其他人进入。”

小伙子明白了：“声东击西？”

柏骞比了个“OK”。

趁着夜色，柏骞一行人悄悄向基地进发。基地建在地下，地上全是虚掩的建筑。柏骞让队员跟紧自己，他在前方为他们扫清障碍。

废墟常年无人，尽是飞扬的尘埃。柏骞搬开前方的巨石，发现有个通往地下的洞口，洞口边是长长的梯子，不知下方是否有人等着他们。

要不要下去？

柏骞取来地图，经过一番比较对照后，发现这里是米纳的物资仓，是粮食和蔬菜的存放区，连通着后厨。之所以没有封死，是因为怕厨房的热气熏着散不出去。

加之这块巨石一般无人能搬动。

柏骞心下有了计划，腰间束了把匕首，沿着破旧的竹梯小心翼翼地爬了下去。

他爬得悄无声息，这里也非重点把守地带，自然不易被发觉。等他的脚落实了地，快速观察了四周，这才打开手电对上方照了照，他的队员们也一一跟着爬了下来。

米纳的仓库大多是一些洗洗就直接拿起来啃的食材，柏骞感觉没什么动手的必要，正要放弃时，突然看见不远处是他们储存饮用水的地方，一个他曾经见过的小兵，正两手拿着一杯水在那里喝。

柏骞瞅了瞅水缸，算了算计量，将提前带着的致人昏迷的药物拿出来。待小兵走后，把药物倒在水里，等水与药物完全融为一体后，才离开。

接下来的几个水缸，他们都是这么应对的。

柏骞做完这一切就不动了，选了个隐蔽的角落，带队员们观察状况。

果然，有个小兵路过这边，喝了口水歇了歇脚，就再没起来。

人数迅速积累到了七八人，柏骞知道此地不宜再久留，很快就会有人发现这边状况不对。此时他已经找到了他们的方位，于是迅速按计划进行转移。

他的队员们两人为一组，互相配合去寻找米纳所在的位置，而柏骞悄身一人向东北角走去。

很快，他被一堵厚厚的墙挡住了去路。

他知道，这墙之后，必定是水牢。

就在他寻找机关开启水牢时，他听到水牢里传来了米纳的声音："三天了，他没来救你。"

柏骞想米纳说的应该就是他。

我这不是来了吗。

柏骞想。

只不过你不知道而已，不过让你知道还得了？

趁着周围无人，他迅速给其他人发信息，告诉他们米纳在水牢，让他们注意隐蔽。

其他人也回给了他相应的位置，表示已经找到米纳的卧室和书房，一切潜伏到位。

柏骞发了个"BOOM"的指令。

他可不希望米纳和他的温晚多废话，万一温晚没忍住说了什么不该说的，还要受皮肉之苦。

但事实上，温晚在这三天里已经受尽了折磨，根本没有力气再回答米纳了。

米纳觉得很无趣，正要对温晚动手，只听水牢上方传来警报。

"怎么回事？"米纳问。

有人告诉他，是仓库起火了，火势有点迅疾。

米纳一下子没了折磨温晚的心思，带着人匆匆赶往仓库，柏骞则在米纳离开后，闪到关门人的后方，强无声息地让他倒了下去，抢了他的钥匙，打开了牢门。

温晚被悬挂在半空中，已经没有力气再看是不是米纳了。相比前两天，浸泡她身躯的水已经上身到了腰部，她的衣裳全湿，头发黏在一起，十分狼狈。

柏骞看着有些心痛。

在他的印象里，温晚是个十分爱美的女孩子，即便是在逃亡中，也不忘记找机会将自己整理得整整齐齐的，现在浑身散发着臭味的她，柏骞想她一定不想让他看到。

于是他准备趁温晚没醒时速战速决。

就在他割断绳索将她放下来时，温晚突然轻轻念出了声："柏骞，是你吗？"

柏骞浑身一个战栗，惊异地抬起脸，对上温晚乌黑的眼眸。

她的瞳孔本就比别人大而满，此时在苍白肤色的衬托下，更有几分骇人。不知她从哪儿学来了他的面无表情，看起来就像一只残破的傀儡娃娃。

"是我。"柏骞轻轻地回答她，"我来救你了。"

"我染上毒瘾了。"温晚伏在他肩头，任由柏骞背着她，声音低低的像是在啜泣。

"没事。"柏骞答，"我陪你一起戒毒。"

"好。"

他们一唱一和地互相应答着，却都心知他们给对方许下的或许是永远不会兑现的承诺。

柏骞带着她一路突破，即便背着个人，他依旧身手矫健，只是时不时会关心地问一句："抱紧了吗？"

温晚则很用力地"嗯"，让他不要多担心。

随着袭击他们的人越来越少，柏骞知道，他们已经慢慢接近了这片基地的中枢——

米纳的书房。

他刚刚得到消息，米纳在视察过仓库失火后并没有久留，直接回了书房。

而书房里，正严阵以待。

▷▶ 11

“柏骞……我们要去哪里？”温晚问。

“最新得到的消息，米纳在他的书房。”

温晚没有说话，她心里隐隐不安，仿佛怀揣着一方砚台，一个颠簸便泼出乌黑的墨，污了眼前的路。

柏骞越走越觉得不对。

这一路……太安静了。

他停下脚步，听着四周残留的脚步声，一片漆黑中无助地辨别方向。

温晚不敢说话，生怕坏了他的事。

柏骞停了片刻，改变了路线，闪向右边。

温晚连呼吸都屏住了。

一片黑暗里，她什么都看不到，只能触碰到柏骞渗着冷汗的皮肤，颈部一起一伏的。

柏骞怀里的手机微微地震动着，他没有接听，握在手中颠了颠，直接一折两半。

世界又恢复了安静。

柏骞取出卡，揣在兜里。

温晚再也忍不住心中的困惑：“怎么回事？”

“只是有种感觉，没有确切的证据……”柏骞的声音在阴冷的石壁里显得分外低沉，还生出几分幽幽的回音，“我感觉，我们被人出卖了。”

他轻轻地放下温晚。

这个地方暂时还算安全，离书房不近不远，不太引人注意，一般搜寻也找不到这里。

“你是怎么发现的？”

温晚坐在他的身边，揉了揉手腕。这些天，米纳的折磨加上一阵阵发作的毒瘾，她的力气几乎已经用尽，现在能够坐下来和他心平气和地聊天也很不易。

“一开始就觉得太顺了。”柏骞解释，“但那时便觉得还可以，也不知道对方目的何在。只能走一步看一步，救你的时候太心急了，不去想不对劲儿，刚刚才再次意识到这一切。”

“救我的时候……”温晚低下头，“是因为米纳走得太快了？”

“他走得太快了，而且没留什么人下来，按他的狡诈，不至于犯这样的错误。”柏骞伸出手，握住温晚的指尖，却又下意识地缩回，像个羞涩的少年。

温晚主动握住他：“你是想说，他应该能想到那种不重要的地方起火该是调虎离山之计吧。”

“是的。”

黑暗里，温晚看不到柏骞的神情，不知道他那双永远只有冰冷的眼眸里此刻温柔如涟漪般缓缓地漾开。

也许只有在这无人瞧见的时刻，他才能这般安心地表达所有的情绪。

“那这个叛徒……会是谁呢？”

“说是叛徒，应该不准确。”柏骞咬了咬牙，“他从来就没有站到过我这边……

“是我太轻信他了，以为点到为止的教训能让他幡然醒悟。然而，利益就是那个人的生命，一旦丢下了，就等于要了他的命。”

见柏骞没有继续说下去，温晚也沉默了下来，似乎猜到了什么。

不知过了多久，就在柏骞以为温晚已经睡着了的时候，她轻轻地开了口：“那。”

她的声音已经很弱了，每说一句话都在透支着的气力。柏骞不忍心再看她受罪，紧紧地握住她的手，想借点力气给她，却终究只是无能为力。

“那个出卖你们的人……是不是我的哥哥？”

其间的曲折随便想想就能明白——温北给了柏骞地图后，转手就将柏骞卖给了米纳，达成的条件是用柏骞的命保下他的妹妹。

柏骞只有和温晚在一起时才最脆弱，只要事关温晚，柏骞一定会不遗余力。

那样就能将柏骞和他人分开，让他成为困兽。

她问得坦然而又直接，反倒让柏骞说不出话来。

他有些希望温晚直说“那个人”，起码还能让他误解为是他教训的人，而不是用“出卖”这个词。

柏骞知道温晚在温北心中的分量，也了解温晚对温北的情谊，然而这样一个词，硬生生地将温北和大义划开了，也将他们兄妹划开了。

这种发生在他和柏如良之间的悲剧，降临到了这对兄妹身上，而造成这一切的罪魁祸首，是他。

如果不是他同意温晚成为米纳的随行人员，如果他在看到温晚到这里的第一时间就把她送回去，如果他一开始就没有救……

不，他还是会选择救她。

但是不会让她爱上他。

也不会爱上她。

“你要不是他的妹妹……该有多好啊。”

柏骞轻轻呢喃着，这是他人生中少有的无能为力的时候。他记得上次有这样的感受时，他的母亲惨死在他的眼前。

如今的温晚呢，又好到了哪里去？

柏骞瞥了眼已经昏昏沉沉几乎快睡过去的温晚：“你休息会儿吧。”

语气中是怎么都藏不住的温柔。

温晚没有精力去细听，靠着墙沉沉地倒下，她不知道柏骞在等什么，但既然他在等，那就必然有他的理由。

柏骞脱下外套，盖在她的身上，坐在一旁为她望风。

不知过了多久，空气静得似乎凝结，柏骞听着温晚均匀的呼吸，低下头，在她的耳边轻轻低语："阿晚，如果我们能活着出去的话，就嫁给我吧。"

温北先背弃了他们的约定，那便不怪他执意要娶温晚。

回答他的，只是呼吸声。

柏骞自嘲地笑了笑。

当然不会有回应。

能不能活着出去还是个问题。

温晚肯定没问题，就是他……

他扭过头，望向墙边。

米纳在书房等不到他，很快就会组织人进行搜寻，他在这里的时间越长，就越危险。

可是他就想让温晚好好休息一下，就想着尽可能守住眼前的一方太平。

出去便是一场腥风血雨，他时刻准备着，她却还没准备好。

陷入沉思的他却没有注意到在一旁睡着的温晚，不知何时睁开了眼，一滴泪沿着眼角缓缓滑落……

"还没发现柏骞和那个丫头呢，"米纳看着温北，唇角泛起一抹不怀好意的笑，"你说柏不会带着你的妹妹已经逃了吧？"

温北也算是见过大世面的人，但在米纳面前，也感受到了来自集团老大的威压："不会。"

"你哪里来的自信？"米纳自是心中有数，但他就想听听温北的看法。

"如果他已经逃出去了，不会不接我的电话。"温北微微合眼，"毕竟温晚已经救出来了，不和我联系实在说不过去。"

米纳一吸鼻子，没有说话。

他其实不是很瞧得上温北，不过温北手里有他需要的东西，才让他动了合作的心思。

然而温北心计有余格局不足，并不是个能成大事的人，说不定还会在背后坑他一次，米纳信他，但也防着他。

"大概什么时候能找到柏骞？"温北问，"夜长梦多。"

"也就几个小时而已，等天一亮，看他往哪里躲。"

这个季节的老挝，天亮得特别早。

基地虽然建在地下，却是采用了特殊的装置，使得整个基地的光亮几乎是和日出同步的。

▹▸ 12

柏骞在等着日出。

他事先不知道基地还有这样特殊的装置，直到他无意中的一瞥，意识到天可能亮了。

没有人知道，柏骞和费野曾定下了约定——一旦日出前柏骞没有给他回信息，便立即增员。

米纳这边的情况复杂，随意发送信息可能会给温晚带来危险。

这意味着费野的增员也快了。

柏骞躲在墙后，想着怎么让费野最快地找到这里。

然后他听到了开门的声音。

米纳和温北的声音传入他的耳畔。

他知道自己离米纳的书房已经很近了，但没想到竟然如此之近。

真是失策。

柏骞抬起头，看着头顶上方的装置，算算时间，差不多费野快来了，便掏出枪，对着远处的墙射击。

他找不到米纳，但可以让米纳找到他。

米纳和温北巴不得他死，他就把动静闹大，吸引火力，这样地面上的费野找到他也容易一些。

果然，米纳和温北第一时间就往柏骞的方向望去，但除却层层的石壁，什么都没看到。

这里曾经是米纳引以为傲的地方，设立在最机密房间外的迷宫，墙壁通过机关控制能够随意组合，保证入侵者有来无回。

米纳第一次感觉自己设置的这些屏障十分碍眼。

太影响他找柏骞了。

“柏。”米纳的声音在迷宫中显得分外清晰，“给你机会，交出温晚，饶你不死。”

“她已经死了。”柏骞抱起温晚，示意温晚不要出声，边回答边转移地方。

他对付迷宫很有心得，也不相信米纳会设置这么简单的屏障。他很谨慎地扶着墙走，却无意中触碰到一块机关。

墙的一块迅速凹了进去，其他地方的一块则跟着凸了出来。

柏骞顿时明白了其中的机关，有了新主意。

温北才不信柏骞胡说："不可能！你不会让她死的！"

"我又不是神仙。"柏骞冷冷地回答，"我能把人救出水牢，又不是能把人起死回生。"

听他这么一说，温北倒有些慌了。

在他的印象里，柏骞不像是随便胡说的人，更何况温晚这么大的事，他不见得会拿来开玩笑。

然而，柏骞就是这样的，他从不随意开玩笑，他的玩笑都是惊天的。

温晚一直没有说话，像是默认了柏骞的说法。

"我妹妹要是死了，我绝不放过你。"温北狠狠地说道，怕米纳误解，又补充了一句，"柏骞，你给我听着！"

"你不是不愿意我见她吗？"柏骞无所谓地回答，"现在正好，我和她死在一起。"

"她在你身边？"

"这不是废话吗？"柏骞的语气满是嘲讽，"我会让她自己一个人死在这个异国他乡？"

温晚一直咬着唇，竭力让自己不要发出声音。

死在一起……

温晚看着柏骞，眼神闪烁，仿佛有泪花隐动。

她依稀记得，昨天夜里，一个低沉却温柔的嗓音，在她的耳边低语："阿晚，如果我们能活着出去的话，就嫁给我吧……"

她当时迷迷糊糊，分不出是梦是真，似乎应了一声，却又什么声音都没发出来。

当她醒来时看着神情如常的柏骞，她一度以为是一场梦。

他的第一次求婚并不美好，浸透了阴谋，借代了他人，留下了无尽的伤害和杀戮。

他的第二次求婚，承载了战地的枪火，她躺在他的怀里，却连应下都做不到。

这一切都是真的……

他真的和我求婚了。

温晚的眼睛瞪得大大的，生怕如梦的一切在泪水中揉碎。她要牢牢记住此刻，记住此时的他。

不论生死，永不相忘。

"啊——"温北大叫一声，终于经受不住这般打击，发了疯地大笑起来，"哈哈哈……我要这一切究竟是为了什么？东西也没了，阿晚也没了……我还剩什么？我还要什么？"

"你还剩仇人。"米纳适时地提醒他，"若不是柏，你不至于到这种地步。"

"对啊……"此时的温北意识不稳，极易被米纳煽动，"柏骞，我这一切都是你带来的……我今天就要你血债血偿！"

说着，他一把拔出枪套中的枪，对着柏骞声音传出的位置一通猛击。

“我是不是做错事了？”柏骞问温晚，“我现在告诉他你还没死，来不来得及？”

温晚坚决地摇摇头：“就算我没死，我也回不去了。”

身上的毒瘾不知何时又发作起来，她觉得痛，觉得燥，觉得生不如死，却又凭意志力压了下来。

她不能让柏骞看到她丑陋的一面，即便是死，她也要在他面前，以美好的姿态死去。

柏骞知道她的意思，什么都没说，只是俯下身，紧紧地抱住她。这段时间温晚瘦了不少，本就清瘦的身材现在只剩骨架，抱起来硌得慌。

温晚也意识到自己皮包骨头的现状，有些不好意思：“那个……可能有点硌。”

“让我记住你。”柏骞难得这般话多，“什么样的你，我都要记住。

“今生的你吃了太多苦，我要记住这一切，来世保护好你，不再让你经受这般折磨。”

米纳没有那么好的耐心，见柏骞死活不出来，他一抬手，一时间机枪林立，火光迸溅。

柏骞听着外面的响动，只是紧紧地抱住温晚。

“害怕吗？”他问。

温晚坚定地摇头。

“再坚持一会儿。”柏骞伸手抚平她额前的发丝，“费野就要到了。”

“没关系。”温晚已经没有力气开口了，只能轻轻地对了个口型。

柏骞没再说话，将她搂得更紧。

细细算下来，他们之间不乏相拥的机会，但像此时此刻，这样心贴心的时刻，着实不多。柏骞的脸埋在温晚的发间，嗅着她的气息，突然生出一种心思：

就这样死了……也足够了。

他前半生几乎在奔波中度过的，没想到他竟会在如此激烈的枪声炮火中长眠，想想还真是有些刺激。

“柏骞，柏骞。”温晚低低地呼唤他，“睡了吗？”

柏骞抬起头：“怎么会，这么吵。”

他心里想着“我还要保护你，怎么能睡”，嘴里说出来却是另一番话。

温晚也不计较，柔和地开口：“在这里怪无聊的，我想听故事。”

“想听什么？”柏骞问，“杀害公主的巫婆曾经也是公主，还是青蛙王子始终是青蛙没有变成王子？”

“谁要听这些。”温晚一拳虚虚地打在他的胸前，他的胸口硬邦邦的，硌得她手疼，“我要听你的故事。”

“我的故事啊……那可是很长的一段了。”

“是吗？”温晚挑眉，“我争取活到你讲完。”

“那我永远讲不完。”

“别闹，快讲！”

▷▶ 13

柏骞工作后就很少回家了，所以每次回家都记得清清楚楚。

在他的印象里，几乎每次回家都要从几个月之前算好日子，跟领导提前请好假，和同事商议好换班，一直祈祷着不会出现变故，然后到离开当天，到点拔腿就走。

拖一分钟都可能发生变故。

而他的母亲则一直坐在家中盼着他归来。

小时候的他一直不知道母亲是做什么的，只知道她的办公室脏脏的小小的，她一个人挤在里面，有时候还要去吃一嘴的灰。那里全是厚厚的卷宗，有时临时找个前科，要翻好久。

母亲的声音细细的，说话也轻言轻语，柏骞以为他的母亲一贯如此。直到有一日听到他母亲的同事聊天，才知道他母亲曾经是审讯做材料的一把好手，只是后来突发的变故，让她离开了前线，终日待在这个暗无天日的狭小办公室里。

而那个变故，和他有关。

而害他母亲变成如今这副模样的……是他的父亲。

他的生父。

在那个年代，女性未婚先孕是一个十分严重的问题，而柏晔的名头在当地人尽皆知，早就将一切脱得干干净净，警方虽然一直坚持查，但越查越往混混身上引。柏骞的母亲知道技术有限，再查下去受到伤害的是柏骞，便主动提出了辞职。

所长见她孤儿寡母可怜，将她调到了见不着人的档案室，也好清闲些。

柏骞每每看到母亲面对警服时那柔和的目光，便知道她的心中还念着办案的时光。

后来，他也走上了同样的道路。

他的母亲知道后没说什么，反正她这一生的惨痛不是职业带来的，而是柏晔——柏骞的生父带来的。她没有让柏骞复仇，却告诉柏骞，他既然选择了这个职业，就一定要打击违法犯罪。

柏骞铭记在心，并对了自己的生父、亲兄长动了刀。

他依稀记得，他带人冲进场子时，里面烟雾缭绕，四处是腐烂的气息，他的兄长坐在所有人中间，神志不清仍记得挑衅他："来呀，你这样的我能打十个。"

柏骞看了一眼柏如良，一抬手。

封门。

场子是密闭的，所有人都被柏骞封在门内，等意识到不对劲儿的时候，柏骞的增援到了，将他们一网打尽。

柏骞记得柏如良被带走时望向他的眼神。

仇恨。

柏骞只是微微抬起下颚，冷眼望着柏如良："我申请回避。"

这是他第一次在众人面前表明身份，但也是最后一次。

从此不会有人记得他是柏家的私生子，只知道他是柏家的终结者。偌大的柏家在他的带领下，瞬间颠覆。他的内心却毫无波动。

我只是在做正确的事，我在打击违法犯罪而已。

他想。

他的母亲得知这个消息时，依旧没说什么。岁月的变迁已经让她十分沉默，她唯一关心的就是："你有没有受伤？"

柏骞摇摇头，对付此类场景他很有经验，绝不会让自己涉险。

他母亲便因此放心了。

她心底是恨柏晔的，但她却将所有的爱给了柏骞，这是她决定留下他的一刹那就注定了的。

"妈，我要出差了。"

这是他最常说的一句话，因为从那以后，他越发忙碌起来。

他回家的时间越来越短，次数越来越少，即便如此，他还是坚持抽出时间回家，母亲是他唯一的牵挂，也是他的软肋。

队里的领导都了解他的情况，彼此心有灵犀，能配合他便尽量配合他。

然而，他没想到，他最后一次回家，竟然是在执行任务的时候。

那时他正在追捕米纳，怎么都找不到米纳的踪迹，范围被他一点点缩小，他却越发急切起来。

因为离他家越来越近。

他的母亲独自在家，前几天通电话时听说她有些感冒，他还劝她早些休息。

如今离家门越近，说明他的母亲越危险。

柏骞的心提到了嗓子眼，心中默默祈祷米纳栖身在一间空屋中，也不要抓人质。

只是，他的对手米纳，从来都不是一个有人情味的人。

他本就是有备而来，轻易摸到了柏骞的家，就在柏骞还在搜寻时，米纳主动联系了他。

柏骞接通时，只听到一个女人挣扎的悲鸣。

“听到了么？”米纳得意地笑着，“知道这个女人是谁吗？猜对的话我就让她多活三十秒。”

“米纳，我……你个不得好死的！”柏骞本想骂脏话，但想想母亲在那边，还是文明一些吧。

“还真是母亲的乖儿子。”米纳笑声阴狠，似乎狠狠地踢了他的母亲一脚，“快向你儿子求饶，你求他我就放了你。”

他的母亲只是强忍着疼，一言不发。

“臭婊子，嘴还挺严实。”米纳火了，将枪口对准柏骞的母亲，“说不说？不说就死！”

“米纳——”

砰。

只听一声枪响，天地瞬间寂静了，半秒钟后，柏骞听到米纳骂了声：“臭婊子，撞我做什么！”

柏骞绝望地闭上眼。

他能想象，电光石火间，他的母亲做了什么。

为了不让他被米纳要挟，毅然选择了自杀——她突然撞向米纳，米纳猝不及防间擦枪走火，她便死在这枪火之下。

他早该想到，纵然坐了多年的档案室，当年办案时的一腔热情，仍激荡在她的心间，热血犹在，多年难凉。

“队长，怎么办？”有人问。

柏骞听着电话的“嘟嘟”声，挥了挥手。

“追。”

他的声音沉闷得如同钟声，仿佛带着来自胸腔的共鸣。

一切都回不去了。

母亲在世时，他的人生尚有来处；母亲去世后，他的人生便只剩归途。

米纳最后还是没有被抓到，他跪在母亲的尸体面前，心一点点凉了下来。

前路漫漫，成功抓捕到米纳成了他唯一的寄托。

为此他受过伤、停过职，但从未放弃。

一旦放弃，人生便失去了意义。

▹▸ 14

“那现在呢？”温晚问，“你这么拼命，还是只想抓住他？”

“我，只想……”

柏骞的话还在嘴边，只听身后的墙“轰隆”一声。再坚固的墙也抵不过米纳的重机枪，强烈的火光冲击下，墙坚持不住，轰然倒塌。

柏骞一个翻身，将温晚带到别处，但他的动作明显慢了下来，温晚知道他一定被压得够呛。

这种创伤易导致体内出血。

温晚急切地想要阻止柏骞再动，柏骞却抱着她，用目光示意她自己无碍。

“还要一会儿，再过一会儿……”

起初温晚以为柏骞是在安慰他，后来她渐渐明白了柏骞说这话的缘由。

她侧躺在地面上，耳朵贴着地板，听到奔跑脚步声朝他们而来。

说实话，脚步声并不响，加之米纳的枪火声，几乎是听不见的。不过温晚被柏骞护着，耳朵又贴着地面，这才听得格外清晰。

“你也听到了吧？”柏骞迟缓地开口，“费野到了。”

温晚闭上眼，在心底为柏骞数数，祈祷费野赶快出现。

柏骞则伸手拉开身后的一面墙。

这一路他跑来跑去，帮费野清理了不少障碍，等到米纳发现不对时，费野已经带着大部队包围了这里。

米纳本以为柏骞就带了6个人，先前打得恣肆，非要将柏骞置于死地。温北起初还拦着他，在听到温晚已死的消息后，也就随他去了。

然而他没想到费野来得这么快，以至于他竟然生出弹尽粮绝的恐怖。

左思右想，米纳决定暂时认尿，反正柏骞也没捞着什么证据，如果继续抵抗，离阎王殿就不远了。

温北也跟着被带走了，却在柏骞面前，发现了跪在一旁的温晚："阿晚？"

温晚抬起眼，冷冷地瞥了他一眼："哥。"

"你不是死了吗？"温北拼命地挣扎着，"他说你死的时候，你为什么不告诉我？"

"因为……我没有力气说话。"温晚虚弱地回答，"我以为我亲爱的哥哥，你起码会过来证实一下，我是否还活着。"

"那是我的失误……"

"我以为我哥哥是个好人，不会出卖他人的行踪。"

温晚的声音很低，带着凄楚，听起来令人格外心疼。

"那是因为柏如良有恩于我，我要还他人情。"

"我从来没想过柏骞母亲的死和你有关。"温晚一字一顿地说道，语气却分外坚定，"我一直都有些怀疑，但是柏骞的出现，居然证实了我的所有猜测都是真的，真是太讽刺了。"

温北低下头。

当年他为了利益和柏如良合作，柏如良暗中牵线搭桥，他明着和米纳没有联系，背地里却不清不楚地算着账。

柏如良倒台后他受了不小的牵连，却和米纳的羁绊越发深了起来。

温晚跑去米纳身边做卧底他是不知道的，等他意识到时，温晚已经被关到了水牢里。米纳承诺只是做做样子，不会真的让她受太多苦。

温北相信了，却没想到再见到温晚时她瘦成了这般模样。

他的确是个叛徒，也确实在最后一刻放弃了自己的妹妹。他实际上已经被米纳牢牢控制在掌心，然而他却固执地认为他并没有被控制。

开什么玩笑。

如今温晚冰冷的眼神说明了一切，温北在心里构想过无数次这样的场景，却从未有此时的这般心痛。

“阿晚……照顾好自己。”

他张了张嘴，这句话似是说出口了，又似乎没有。

温晚没有看他，她的目光一直落在柏骞身上。

在她的印象里，他的话不多，极少说谎，但这一次，他违约了。

柏骞的情况很不好，温晚的推测没错，他体内出血，能带着她跑那么远实属不易。

他的情况比她想象得更严重，她也无法判断他受伤的具体问题，只能先让费野把他带走。她一直守在他身边，回想着所有的一切。

“阿晚，如果我们能活着出去的话，就嫁给我吧……”

……我答应你，我活下来了，现在轮到你兑现承诺了。

“我，只想……”

……呐，柏骞，我知道你要说什么，可是我想听你把那句话说完，听你说，你想永远保护我。

你坐起来，你这样躺着，我不懂。

我不懂你想表达什么，你的心意，我要听你亲口说出来。

温晚握着他的手，眼泪大颗大颗地滚落，她希望这个时候，柏骞伸出手，为她擦干眼泪。

然而现在，再没有这样的一个人。

接下来的日子，柏骞都在重症监护室，温晚也检查了身体，医生说有些营养不良，也没多说什么。

温晚也没敢多问，就终日在ICU外候着，有时候能进去探视了，就在病房里陪他说说话，也不管他听不听得见。

医生都被她的执着打动了，想着这个小伙子的女朋友真不错，温晚仍一天天瘦了下去，瘦到脱了形，才意识到似乎哪里不对。

温晚知道自己在这里再也待不下去了。

柏骞的情况仍然很危险，可是她……她对着镜子里容颜憔悴的自己，再也没法欺骗自己。

也许离开才是上策?

她被自己的想法吓了一跳。

离开米纳那里，温晚便进行了尿检，出乎她意料的是，结果是阴性。照理来说，米纳让她注射的那种剂量，足够检测出阳性来了。

但她身体的反应是不会骗人的。

她又进行了很多检测，没有发现任何问题。她愈发坚定了自己的推测——米纳让她注射的不是毒品。

▷▶ 15

是……某种药物。

只是没有人知道那是什么。

温晚在照顾柏骞的同时，也偷偷报考了东京大学医学部的博士，她想去看看，或许这里没人知道她怎么了，总有一天她能找到为她解疑释惑的人。

终于在柏骞转到普通病房去的那天，她收到了东京大学医学部的录取通知书。她看着在病房里安睡的柏骞，悄悄地松了口气。

他到现在还没醒来，但医生说这是只是时间问题。

柏骞，愿你醒来时，能看见一个健康的温晚。

她走得很突然，没有告诉任何一个人。

费野一直在忙案件，偶尔去看看柏骞，时常会和温晚打个照片，没时间多聊，只是得知她一直在照顾柏骞，也就很放心地把柏骞交给她了。

等到有天他注意到温晚不在的时候，一询问才发现她已经消失很久了。

医生不知道她为什么离开，只知道她是在柏骞脱离危险后走的。

费野也没把这件事放在心上，只当她还有自己的事要处理，直到有次讯问温北时提起这茬儿，温北一脸惊讶地看着费野：“什么？她不见了？她还能去哪儿？”

费野这才意识到是哪里不对了。

但他是不可能去找温晚的，别说他还有工作要忙，就算要去找，他也没有立场。

费野只能在心里祈祷柏骞快点儿醒来，能早一天去找温晚，他也好早一天放下心来。

他问温北还有什么补充的，温北低下头想了想，抬头问了句：“柏如良怎么样了？”

费野想了想：“已经判下来了，你应该知道的吧？”

“能帮我跟他传个口信吗，告诉他一下温家的情况。”

费野没有点头同意，也没有明确拒绝，也没将这一条记下来，最后还是拨通了监狱那边的电话。没过多久，监狱传来消息，说柏如良有封信件要送给温晚。

狱警问柏如良信件是给谁的，柏如良说给他曾经的未婚妻、如今的弟媳的。

经检查后只有一句话：

“你不会有好结果的。”

没有抬头没有落款，与其说是信件不如说是一句诅咒。

费野得知，管教找柏如良谈话时，柏如良听完后沉默了很久，然后开始大笑。

笑到大咳起来，笑得溅出泪花。

曾经声势显赫的柏家和温家就这样落幕了，无论是谁，心中都会生出戚戚然之意。费野也是这时才听说柏如良曾经追求温晚时有多疯狂。

只要是她想要的，他便想办法为她争取。

当初温晚想学医，温北想着女孩子学医太辛苦了，且学成后年龄也大了，势必会影响到婚姻，是柏如良信誓旦旦地签下婚书，保证若温晚没有心仪之人，他愿意娶她，永远将她捧在手心。

温北虽然不耻柏如良的为人，却愿意给这个盟友一个机会，更何况他和他的妹妹都需要一个台阶下，柏如良的这封婚书便是最好的台阶。

六年后，柏家依稀落败，山雨欲来前，柏如良再迟钝也隐隐有些预感。这时他第一个想到的依旧是温晚，他将自己名下最为隐匿的一部分财产转移到一个秘密账户上，转移的方式很巧妙，若不刻意去查，几乎查不到。

当初做这件事的人，早就被柏如良暗中除掉了。

他知道自己会入狱，没想过会有出来的那一天。

这个账户最后归了温晚，温晚自始至终都不知道她在温北入狱后还能获得的财产其实来自柏如良，就连柏骞也以为这是温北为温晚准备的嫁妆。

这个秘密被费野无意中挑开，但他选择了掩盖。他很清楚柏如良的那封信若被温晚看到，温晚会是什么反应，但他知道，那是柏如良想要的结果。

温晚不知道他曾爱过她，那便一直不知道罢。

温晚只当他当年的婚书是个笑话，那便只当它是个笑话罢。

温晚看完后会厌恶他，那便厌恶罢。

总比她心存一世的愧疚，和柏骞在一起时仍惴惴不安得好。

费野不知道柏如良和温晚曾经发生过什么，但这样深沉而晦暗的心思，确实和柏如良一贯的习气不符。

或许这是他内心最后的一点坚守，在所有人都觉得他不配为人时，还有一个人、一件事、一段回忆证明，他也曾认真地活过。

法律不会放过任何一个罪人，但时光会铭记一段深情。

柏骞在医院里醒来。

看着空荡荡的病房，柏骞心里也空荡荡的，他以为温晚会在旁边陪着他的。

他在梦里还梦到他一睁眼看见温晚趴在他的床头，他坐起身，吻着她的额头，将她吻醒。

医生告诉他，他若早半个月醒来，还是可以梦想成真的。

他身体底子不错，醒来后稍稍恢复便能下床行动了，没多久就要求出院了。医院原本还想再观察观察，见柏骞态度坚决，也就没再强求。

柏骞出院后第一件事就是去找费野。

恰好费野手里的事处理得差不多了，调了半天休，抽空见了下大病初愈的柏骞。柏骞看起来比以前瘦多了，但是很有精神，除了眼里稍稍有些失落。

“感觉怎么样？”费野问，“你什么时候复职都可以。”

给柏骞的停职是他心中的隐刺，这么久以来，他一直想着为柏骞复职。

柏骞摇摇头："米纳现在被抓住了，我也不是很想干了。"

"你想去找温晚？"费野一眼看出他的心思，"也好，只要你不是……"

"我从来没有因为那件事怨过你。"柏骞一眼看穿了费野的心思，"相反，你停了我的职，反而方便了我找到米纳，也促成了我遇到她。"

费野没有说话，他们之间只要一谈起温晚，气氛便有些怪异。

说到底，费野还是觉得，是他害了柏骞，也害了温晚。也许柏骞已经从当年的事走了出来，他却画地为牢，自己不愿意走出来。

"你知道温晚去了哪里吗？"柏骞问。

费野摇摇头："没去查。"

柏骞盯着他的眼睛看了半分钟："你撒谎。"

他从来都是这番直截了当，费野的心事被他一语道破，费野只好无奈地耸耸肩："半个月前她登上了前往东京的航班，境外的事我就不知道了。"

▷▶ 16

"有这些就够了。"柏骞点了根俄罗斯风情，医院里不让他吸烟，他有些憋得慌，这也是他选择提前出院的原因，"她说我当初在东京救了她，这么看来，她应该是回去念书了。"

“确实发现了她的境外转账记录。”费野点点头。

柏骞猛地抬头：“查她也不用那么细吧？”

“当然要。”费野耸肩，“她可是证人啊，要做笔录的。”

柏骞翻了个白眼：“她之前在国内那么久，你都当没看见？”

“笔录是做了，法制说还需要补充，就顺便查了一下。”费野理直气壮地看着柏骞，似乎在证明他并未滥用职权，“只不过破案成本太高了，再加上我们后来找到了别的证人，就算了。”

柏骞知道费野是在帮自己，不过这个不直率的脾气实在是有些过分。但他向来是个知恩图报的人：“费大，谢谢。”

费野愣住了：“你突然行此大礼，我有点承受不住。”

柏骞望着他不说话。

“我从你的表情里，看到四个字——有事相求。”费野无奈地笑笑，“说吧，还有什么心愿未了的，我看看能不能替你圆了，好安心送你上路……啊不，去东京。”

“我想去看看柏如良。”

柏骞突然提到这个名字，让费野有些不适应，毕竟这个在两年前就已经退出历史舞台的人，这段时间出镜率却意外得高了起来：“他毕竟是你哥，你去探视探视也是应该的。”

“我听说他给阿晚写了封信。”

这倒是出乎费野的意料：“谁的嘴这么快？连你这个昏迷了那么久的人都知道？”

“我自然有我的渠道。”

柏骞在离开医院后，第一件事就是去了温晚家。

温晚不在，温北入狱，偌大的温家看起来有些萧瑟，只有在温家待了大半辈子的刘姨，还常来给家里收收信件、打扫打扫卫生。

柏骞运气不错，刚到温晚家便遇到了正要离开的刘姨。刘姨不认识柏骞，却认识他手里不知从哪里来的警察证，以为是又有人来调查，叹了口气，将他迎进了门。

温北做的事，刘姨知道得不多，且在他出事的第一时间，刘姨就被审查过了，柏骞的到来实属意外，以至于让她以为事情又发生了什么变故，第一反应就是会不会牵扯到温晚，想来想去最可疑的就是柏如良的那封信，虽然她本能地觉得从监狱寄来的应该没什么问题，但还是选择藏起来。

她不藏还好，她一藏就让柏骞发现了破绽："那是什么？"

刘姨只好慢吞吞地把信拿出来："柏家大少寄给小姐的。"

一听到柏如良的名字，柏骞手上的动作顿了顿："柏如良？"

刘姨点点头："就是他……可是我家小姐和他早就没什么联系了，你们千万不要抓小姐啊……"

柏骞不想和她过多解释，又怕她停不下来，只能回道："不会抓温晚的。"

刘姨这才放下心来。

柏骞草草地看完柏如良的诅咒，平静地将信塞进了信封：

“这个烧了吧，温晚不想看到的。”

他语气熟稔，却不容置疑。刘姨像是没听明白，愣了愣：“这样……真的可以？”

“没问题。”柏骞一抬下巴。

刘姨这才想起问他的名字，“你是？”

“嘘——”柏骞的食指覆在唇上，“不要让我的名字玷污这座房子，这里是阿晚的家。”

这段故事柏骞不会讲给费野听，费野也不会感兴趣，他要做的只是帮柏骞安排好探视。经此一役，他欠柏骞的太多了，仅凭他现在的帮助，实在是无法弥补。

不过是让良心好受了一些。

再见到柏如良时，柏骞比较着印象里的他，感觉还是有些变化的。

但更多地感慨监狱的条件不错，柏如良变得精干了许多，身上的纨绔之气去了大半，就是隐隐有些颓废。

柏骞坐在对面，用他惯常的眼神看着柏如良，一言不发。

时过境迁，他的眼神也越发凌厉，看得柏如良心里发毛：“那个……你有什么事吗？”

“有。”柏骞点点头，“为什么要去烦阿晚？”

“我让她恨我，这也有错？”柏如良问，“你这未免太霸道了吧。”

饶是柏如良在狱中已经渐渐转了性子，但在看到柏骞的时候，仍然少不了心里的优越感，仿佛说话语气稍微柔和一些，就是向柏骞低了头。

他怎么能向一个私生子低头呢?

柏骞也不和他计较这些："影响阿晚的情绪就是你的不对了，别的我不管。"

"她被影响到了？"不知怎么，柏如良心中暗暗有些窃喜，"看来她……"

"所以在她看到之前，我给烧了。"柏骞平静地回答。

"你……"柏如良憋了半天，"你这是违法行为！侵犯温晚的隐私权！"

"哦，那等她来告我好了。"

柏如良差点儿吐血："你无耻！"

"不如你。"

"好，好，好……"柏如良怒极反笑，"我不和你磨嘴皮，你快说你来这里什么事，我是不会回答你的。"

"帮你减刑的机会也不要？"

"减刑对我有什么好处？"柏如良如滚刀肉一般，"这里有吃有住还有钱拿，我挺喜欢的。"

"不想出来打我？"

"你……"柏如良悻悻地点点头，"成，成，你算是吃定我了。说吧，想要知道什么？"

"温北当初和米纳合作，开出的是什么条件？"

"不知道。"柏如良恶狠狠地回答，有种报复得逞的快感，"你不是警察吗？有本事自己去问啊。"

"第一，我已经辞职了，不是什么警察了，我是以你弟弟的身份来见你的。”柏骞慢条斯理地解释，“第二，我来问你纯属我好奇，反正我不问你，费野也能从温北那里问出来，他的嘴没那么硬。第三，这个减刑的机会你不要就算了，等着把牢底坐穿吧。”

柏骞说完就要走，没有片刻流连。

他很少说那么多的话，柏如良一时没反应过来：“你说什么？你辞职了？你不是来诈我的？”

“有必要？”柏骞嗤笑着，“我们能抓住米纳，还问不出个细节来？再说也不是什么关键细节，不知道就不知道好了。”

“等等——是关键细节！”

柏骞停住脚步：“说。”

“我要谈条件。”柏如良感觉自己占了上风，“你回答我一个问题，我回答你一个问题。”

“我没空和你玩这个。”柏骞不为之所动，“既然是关键细节，那我就让费野往这个方向多问问，我对他的审讯技巧还是很有信心的。”

“你告诉我温晚怎么样了，我全告诉你——”

柏如良喊完这句话就后悔了。

他觉得他应该跟柏骞提一些更重要的条件，比如改善他在狱中的生活状态，比如尽可能多为他减刑，他也不明白自己为什么在那个瞬间喊出来的是要问温晚的情况。

或许，温晚一直在他的心里，从不曾散去。

之前管教找他谈话时，他只得知米纳和温北入狱，心里下意识地想到了温晚，就拜托管教为他寄一封信给温晚，哪怕让她厌恶他，也比忘了他要好。

这封信如他所料，没有回音。

他以为温晚从此深深地恨上了他，懒得搭理他。如今听了柏骞的话，原来这封信从来没有到达温晚手上？

可是已经过了这么久了，这中间究竟发生了什么？

那一瞬间，他忘记了一切，就想着问个明白，问问温晚究竟怎么样了。

“你要听实话还是假话？”

▹▸ 17

柏如良猛地抬起头：“当然是实话！”

“她被米纳控制，染上了毒瘾，现在离开了，有消息说她出国了，不知道真假，我也在找她。”

柏骞简短地回答，却字字敲在柏如良心上。

“她竟然……”柏如良紧紧地攥紧拳头，“你他妈是怎么照顾她的？她那么好的姑娘还染上了毒瘾？她要走你也不拦住她？不要说什么她去意已决，你要拦肯定能拦得住！”

“当时我昏迷了，不知道她走了。”

柏如良：“……”

仿佛是一下子被放空了的氢气球，柏如良软了下来，他以为他入狱之后，温晚会过得很好，毕竟温北虽然专制了一些，但对她很好。后来听说温北入狱，他不是没有担心过，但想着柏骞也是个靠谱的人，虽然他怎么都瞧不上这个私生子，但柏骞的靠谱程度是有目共睹的，也是他唯一承认的地方。

然而……他竟然让她受了这种罪！

“我要减刑！”柏如良恶狠狠地咬牙，“我要出去揍你。”

“那就把你想说的都说出来好了。”柏骞大剌剌地坐下，“一句话说不完也没关系，我等你——等你说完，以及你出来揍我。”

柏如良拿他没办法，但此时说出真相是他最好的办法：“温北和米纳交易的核心内容，原本是不给我知道的，但我知道一部分。你知道温晚的母亲是谁吗？”

柏骞摇摇头。

严格算起来，他和温晚相处的时间并不长，互相之间也不算特别了解，且因为私生子的身份，他向来远离这些所谓的“权贵”家庭。纵然他深知温北是什么人，但对温晚父亲的了解就仅限于冰冷的档案记录，而对温晚的母亲更是一无所知。

“她的母亲去世得很早，你应该知道吧？”

柏骞点点头：“然后？”

“其实她的母亲是个医学博士，做研究的那种。”柏如良陷入了回忆中，“人很聪明又漂亮，看到谁都是温柔地笑着，温晚和当年的她简直是一个模子里刻出来的，就是脾气差得有点儿多，像她爸，不过医学天赋是遗传了她的母亲……”

柏骞静静地听着，不发表评论，心里盘算着什么时候陪着温晚去看看她的母亲。

“听说她母亲在去世前一直在做研究，在生命的最后时刻，她主动放弃了治疗，就一直泡在实验室里，生怕因为治疗耽误了她的研究，然而就算这样，她的研究也没能完成……好消息是因为她的努力，研究已经接近完成，坏消息是因为经费和人力的关系，这项研究在温晚母亲去世后就终止了。”

“那后来研究的成果呢？就这样废弃了？”柏骞问。

“差不多。”柏如良的声音很沉重，“温晚的爸爸看不懂医学研究，只知道那是他夫人很重要的东西，便向研究所要了过来，当作遗物一直保留着。研究所并不清楚这项研究完成后会有怎样的成果，碍于温家当家的面子，就让他带回去了。”

“那是项什么研究？”

“我怎么知道。”柏如良耸耸肩，“你觉得我能看得懂吗？我也是后来听米纳和温北聊天时说漏了，才知道好像是某个精神类药物，具体的就要问他们俩了。”

“继续。”

“当初米纳不知道从哪里知道了温晚母亲的这项研究，就来找，当然是找不到的，恰好那时我想分一杯羹，就主动告诉米纳我认识温北，给他们牵了线搭了桥。后来一直就是米纳和温北在谈，听说米纳出了大价钱要买那些研究成果，并且带了很多专家来研究……”

“最后研究出来没有？”

柏如良摇头：“不清楚，温北也不一定知道，毕竟我负责牵线他负责卖，谁会去关心细节的东西。”

“原来是这样，我明白了。”

看着柏骞要走，柏如良连忙补充：“记得算我重大立功表现啊！”

“如果这条线索能落地，会给你算的。”

柏骞说完便离开了。

柏如良心情忐忑地坐在原地，还不知道自己无意中想起的线索将掀起多大的风浪。

柏骞回去后便把这条线索告诉了费野：“我感觉这条线索值得深挖，如果米纳的研究成功了，造成的危害可能更大。”

费野同意柏骞的看法，立即派人去提审温北。

温北倒是没有隐瞒事实，但只交代东西他已经给了米纳，他这边已经没有了，以前没看懂也没兴趣去看究竟是什么，再多的他也说不出来。

问及温晚是否知道这一切时，温北一口咬定她不知道。

毕竟温北是反对温晚学医的，母亲最终是怎么去世的情景，他历历在目。他害怕温晚会走上母亲的老路，因此就算最终松口了，也只允许她治病救人，不允许她去做研究。

米纳那边一直油嘴滑舌，好在其他证据确凿，就算“零口供”，也先将他刑拘了。费野几乎不考虑去直接问米纳，因为他预感这可能是条重要的线索。

米纳交代的可能性极低。

“要不我去研究所碰碰运气？”柏骞问，“说不定能找到部分记录。”

费野沉吟片刻：“也行，算条出路。”

凭着温晚的母亲生前留下的信息，柏骞没有费太多劲便找到了研究所。这个研究所不大，收入不高，经费一般，所幸这么多年人事变动也不是很大，十多年前和温晚母亲做同事的老人，也能找到。

那是个眉目慈祥的妇人，研究所里的研究员都称她为“周主任”，柏骞提起温晚的母亲时，周主任还能唤得出她的闺名：“丹秋啊，她当时确实是在制备一种药物。”

周主任依稀记得，秦丹秋的话不是很多，每天就默默地做实验，有时忘了吃饭，她的丈夫还会让人为她送来晚餐，秦丹秋吃得不多，必然会拉上周主任一起，两个人边吃边聊，聊家庭聊子女，聊着聊着就会聊到工作。

“我最近在研发一种新药，项目不是很大，也就勉强做做，能推进下去自然是好。”秦丹秋这么形容她的工作。

周主任有些好奇：“那是种什么药物？”

“最初的目的是为了治疗狂犬病，但是有很大的问题……”

“什么问题？”

柏骞怔怔地听完，好久才反应过来周主任已经说完了。她的话像生了根一般，深深扎在他心里，之前断了的线索在这一刻连接到一块。

他快速掏出手机，拨通了费野的号码：“我发现了一件事……”

▹▸ 18

柏骞的汇报立即引起了费野的重视，费野想起之前在米纳那里收缴了一批不明药品，正想着慢慢查清，现在看来要加快速度了。

在等待结果的日子里，柏骞的脑海中反复回荡着周主任的声音：

“据实验的结果看，使用这种药物后，患者可能会产生身软弱无力、烦躁不安、呵欠连作、口舌无味，甚至心情不畅、胸闷、焦虑、感觉迟钝等一系列症状，丹秋最初怀疑该药物中可能会导致瘾癖，后来她推测后果可能更糟，比如说对中枢神经产生了一定的损伤，至于可不可逆还未知……”

一个大胆的想法在柏骞的脑海中产生了——会不会米纳一开始给温晚注射的就不是毒品？

这个想法令他不寒而栗。

他这个想法并不是凭空产生的，在他的印象里，温晚一直处于虚弱的状态，戒断反应的特征也十分明显，然而温晚并没有出现渴求的症状。

她只有痛苦。

柏骞注意到了这一点，以为是温晚强忍着的，后来想想这种可能性太过渺茫，果然如今的猜想更为符合实际一点儿。

没过多久，柏骞从费野那边拿到了化验报告。

“不是很明白。”柏骞问，“写的是什么？”

“和你想得差不多，温晚估计还不清楚。”费野深深地看了眼柏骞，“要不你去把结果告诉她？”

“这种药物的损伤可逆吗？”柏骞问，“就她所注射的剂量而言。”

“目前看来，是可逆的。”

柏骞稍稍放下心来，这段时间来他听到的最好的消息了，以至于他都不敢相信是真的。

米纳纵使再狂妄，在费野一次次刷新他底线的证据面前，也渐渐削弱了气势。这段时间，他一面在和费野周旋，一面也在揣测自己手中的底牌，直到费野报出药物的名字时，米纳愣住了。

所有的狂妄，所有的不懈在一瞬间消失殆尽。

他所掌握的一切，全都被费野知道了。

“你都知道了……”米纳低下头，喃喃着，“你想问什么？”

“你发现柏骞是假的巴力之后，为什么不直接杀了他，反而放他回去搬救兵？”

米纳想了想：“因为有趣。”

“有趣？”费野眯起眼。

像米纳这样的魔头，做出什么事，他都不该觉得奇怪。

但有趣这一点除外。

“或者说我不想让他死，我想看他痛苦的样子，拥有后再失去……”米纳边说边笑了起来，费野实在听不下去了，简单地记了几笔之后离开了。

米纳从始至终，想的都是如何去控制一个人，最初他考虑过毒品，但在毒品泛滥的金三角，这种手段并无太大用处，所以他想到了这种副作用和戒断反应相似的药物，会让人误以为是毒品但靠吸毒又无法减缓疼痛，而他则给出小剂量的药剂，以达到控制人的效果。

或许米纳也考虑过控制柏骞，但他知道普通的药物对柏骞的作用不大，这才一次次地想彻底摧毁他。然而，还没等米纳摧毁柏骞，柏骞便已经战胜他了。

现如今，费野只想知道温晚怎么样了。

那个单纯而又善良的姑娘，但愿她和柏骞今后能一切安好。

温晚回到东京大学医学部，只觉得熟悉。

这里的时间仿佛被忘记了，一切都还是原样。走在实验楼的走廊里，她推开熟悉的门，有些期待终日坐在里面做实验的边岩会回过头来，笑着跟她打招呼："阿晚，你回来啦。"

然而，实验室里总是静悄悄的，边岩离开后，便不再有人天天坐在里面，温晚这才想起来，边岩已经离开她太久。

边翰是走私队的队长，那时柏骞还是边翰的队员。

柏如良的货被截了，送货的人遭到伏击，全军覆没。柏如良查出是边翰和柏骞所为，便发誓要除掉他们。

很快，柏如良得到了边翰的信息，细致到连他本人都记忆模糊的细节，柏如良都清清楚楚。边翰的突然介入让柏如良损失了不少，他也借这个机会"肃清"一下内部人，最终将目光落在一个绰号叫"强子"的小伙子身上。

那个小伙子一般不参与什么大行动，都在底下做杂事，存在感极低。但也正是因为这样，下面人说话也不避着他，他想打听到一些东西，也不是不可能。

柏如良一抬下巴，强子就被五花大绑地扔到了柏如良面前，他的脸上写满了恐惧，身体一直发抖。

“他给了你什么好处？”

没有任何铺垫，柏如良开门见山。

他向来不喜欢和别人打马虎眼，更何况眼下的情景也没有虚与委蛇的必要。

强子一边哆嗦一边答：“他说我这算立功，可以……可以……取保候审。”

“呵。”柏如良大笑起来，“条子的话你也信？取保候审，他怎么不说直接放了你呢？你信不信今天你把我们全供出来，明天咱们就都看守所见？过两天我取保候审了，你还在里面挨弟兄们的揍。”

他半嘲讽半恐吓，强子望着他，眼神里恐惧中带着迷惑，不知该相信谁。

“走吧。”柏如良示意手下放了他，“一个蠢货而已，不去管他。”

待强子的身影彻底消失后，柏如良这才贴着耳对身边的人说道：“这两天不动声色地透点风给他，下次我们把那群条子包饺子了。”

没过多久，强子果然把柏如良下次走私的物品和地点透露给了边翰。柏骞觉得可疑，凭他对自己哥哥的了解，不像是能在同一个地方栽倒两次的人。边翰也有疑虑，但最终本着“宁可信其有不可信其无”的态度，做了些准备，出发了。

临行前，柏骞再一次提异议。只是苦于没有证据，柏骞的说辞虽可信，却单薄。

边翰求功心切，带着人上路了。

果然落入柏如良的圈套，边翰数弹穿身，死得极惨。柏如良捧着茶杯，抽了口雪茄，轻轻吐出个眼圈。

和他作对，就是这个下场。

柏如良唯一可惜的是柏骞最终被边翰留下了，不然他能将柏骞也一起处理了。

但柏骞的日子也不好过。

强子是他策反的人，但强子的反水让他成了众矢之的。而且由于他最终没有参加行动，也使得他的行为更为可疑。

柏骞不善辩解，也不屑于去辩解。比起洗清自己的冤屈，为边翰报仇才更为重要。他独自一人负担起边岩的学费，默默地查起关于柏如良的证据，随时准备着绝地反击。

柏骞和柏如良之间的战争愈演愈激烈，柏如良越来越多的存货点被柏骞端掉，柏如良对柏骞恨之入骨，准备将其做掉。于是就对边岩下了手。

当时边岩已经毕业，在一家制药公司做研究，但柏如良知道他和柏骞的关系已经情同手足。边翰的仇还未报，柏骞绝对无法接受再失去边岩，柏如良就是算准了这一点，将边岩作为人质捆绑，以要挟柏骞一人前来谈判。

但是柏如良在与柏骞通话谈条件时，边岩狠狠地撞向了柏如良，和当初柏骞的母亲一模一样。

那一刻柏如良明白了，自己的手上沾着的血，再也洗不清了，他和柏骞，永远只有不死不休。

费野也是提审柏如良的时候才知道详情，怕温晚继续误会柏骞才简要地跟她讲了一遍。

后来温晚也听说，边岩是为了救柏骞而死，因为边翰的关系，边岩和柏骞很早就结识了，边岩也是唯一清楚柏骞卧底身份的人。

温晚自己心里也是倾向于这种可能性的。

有次，温晚和导师聊天，不知怎么就提到了边岩。导师在感慨边岩是个好学生的同时，也深深惋惜他的离开："听说这孩子只有一个哥哥，他这么早走了，他的哥哥一定很伤心。"

温晚没有再说话，他知道老师所说的哥哥是谁。

这个人应该是柏骞吧。

革海让她不要在柏骞面前提起边岩，因为那是柏骞的伤心事。她是从边岩那里知道了俄罗斯风情，而边岩是如何抽上俄罗斯风情的呢?

该是受了柏骞的影响吧。

他们没有血缘关系，但确确实实，是兄弟。

温晚揉了揉有些疼痛的额头，即便换了个环境，她的情况也没有好多少。

在她的印象里，她只注射过一次毒品，但戒断反应强得超出了她的想象，在东京她也检查过身体，有位医生告诉她，她的中枢神经受到了损伤，似乎来自某种未知的药物。

温晚想，这应该是个突破口，她开始计划放假时回国看看，再找找费野，说不定他在米纳那里又发现了什么新证据。

她很久没有联系过柏骞，柏骞也没有联系过她，也不知道他醒过来了没有。

“阿晚，阿晚……”温晚回过头，是同级的川澄在喊她，“有个男人找你，很帅，就像电影演员一样……”

温晚睁大眼睛。

像电影演员？

柏骞？

他来了？

一时间，温晚的脑海中无数个念头飘过，有激动有埋怨，但无论如何都压不住来自心底的狂喜。她颤抖的双手匆匆合上书，却怎么都抱不住，最终只能丢在川澄怀里：“帮我还到图书馆，谢谢。”

在川澄呆住的目光里，她冲出了实验室。楼道被一片绮丽的阳光照射，她远远地看到一个影子。

那个人坐在楼梯扶手上，长腿斜着地，两指间加着一根烟。

一如当初客栈走廊中的那样。

温晚想都没有想，便冲上前去：“柏骞。”

柏骞回过头，淡漠的眼神里瞬间染上温柔：“阿晚，我来了。”

回应他的是温晚无数的、砸在他心口的拳头：“你为什么才来！来之前不知道说一声？”

柏骞推开她，相反，将她抱得更紧：“某人是不是忘了给我留联系方式了？”

温晚当即愣住了。

她确实没想过留联系方式，当初她离开时，是没想过让柏骞找到的。

或者说，她潜意识里认为，只要柏骞醒过来，一定就能找到她的。

“所以说，我是不是莫名其妙地背了个锅？”

柏骞突然低头，托着温晚的后脑勺，轻轻捏住她的下颚，温晚本能地张开嘴，这才意识到发生了什么。

“唔……人那么多……”

“日本没那么多人。”

“你这次……打算什么时候回去？”

“不走了。”

“客栈怎么办？”

“有老板娘的地方才有客栈。”

番外

还是要相信爱情啊，混蛋们！

▷▶ 1

温晚下班的时候已经是晚上七点了，她拿出手机看着屏幕上柏骞刚刚发来的信息。

今晚有行动，如果太想我的话就在所里等我吧。

医院和市局离得很近，只是柏某人的措辞，什么叫如果太想。温晚挑了下眉毛，快速打字发了过去。

你猜我等不等。

你一定等。

“什么呀……”温晚笑着把手机收起来，裹紧外套，走出医院，先去了对面的商场买了些吃的才往所里走去。

想起某柏告白的时候还说以后要去一个安静的地方开个客栈，让她做个无所事事的老板娘，没想到答应他后就彻底不一样了，不仅自己重回老本行，不，也不是老本行，毕竟现在干的是社区片警，只管家长里短。

而那个看起来不安于室内的男人居然还真的勤勤恳恳地做基层的民警。

温晚没进办公室，直接走去b1停车场，她坐在楼梯的台阶上，插着耳机给柏骞发信息。

今晚是什么行动啊？

扫黄去足浴店。

那有没有好看的啊？

你最好看。

温晚看到这句情不自禁又笑了出来，这人的嘴巴到底是怎么变这么甜的，之前明明不是这样的啊。

她捏着手机还不知要回什么，那边又发来了一条。

回去了。

温晚关掉微信界面，打开一本小说看了起来，明明才回来一个月，为什么感觉这种平淡的日子已经过了很久了。

没有惊心动魄，没有枪林弹雨，没有黑暗，没有血腥，每天都好像充满阳光，只要想到他就会不自觉地微笑。

柏骞换好衣服从楼梯走下来，看见一个熟悉的身影背对着他坐在那里，不知道在看些什么。

穿着米白色的毛衣外套，头发软软弯在脑后，他放轻脚步，慢慢走近，伸手遮住她的眼睛。

温晚愣了一下，下意识地转头，还没来得及反应过来，嘴角就被柏骞亲住了。

明明已经被亲了不知多少次了，这么云淡风轻的亲吻还是让温晚觉得脸颊有些发烫。

来不及害羞，就听见柏骞的声音从头顶响起。

“等我很久了？”

温晚摇摇头，“还好。”

柏骞低着头看着她，目光柔和，头顶忽明忽暗的灯将他好看的脸照得有些模糊。

温晚低着头抓着包和手机刚准备站起来，柏骞猛地弯腰就将她抱起来，她下意识轻叫出声，然后抬头看他，柏骞也正看着她。

“被看到影响多不好呀。”

柏骞倒是很不在乎的样子，“抱自己的女人有什么影响不好的。”

温晚的脸更烫了，把脸藏进他的怀里。闻到属于他特有的味道，又将脑袋往里面凑了点。

想起前些日子有个男同事和她说，说很远之外就知道她来了，她身上的香水味儿全医院就只有她有。

当时温晚有些意外，她向来用的都是淡香型的花草香，没想到男同事这么敏感。

后来她问柏骞，她身上的味道是不是很明显。

柏骞将她抱到自己怀里，脑袋凑近她脖间深深嗅了嗅，“你的味道。”

温晚感叹：“原来直男也分辨得出香水啊。”

柏骞皱着眉头，似乎对这个称呼很满意，又说道：“把那个男同事的微信给我，我要找他谈谈，老研究你的味道干吗？”

温晚想或许那个“你的味道”，可能不完全是香水味儿，而是一个人混合了周围所有环境所存在的特有味道。

柏骞就这样抱着温晚直接将她放到了车里，柏骞挑了下眉，弯过身将她安全带系好，随后微微抬起头亲了下她的唇。

“你总是小看你的男人，需要我证明一下自己？”他说话的时候，呼吸所带来的热气就在她鼻息间，温晚低下眼睑，立马摇了摇头，耳边传来他的轻笑，脑袋被他轻轻一摸，“怎么越来越害羞了，之前撩拨我的劲儿呢。”

“才没有。”

“好。”柏骞好脾气地附和，回到驾驶座将车发动，“想好吃什么了吗？”

“烧烤，露天的那种大排档！”

“别老吃这种不健康的东西。”他话里不同意，车却已经出了地下车库，而且早就查好了市里吃大排档的地方了。

他这种行为，革海都瞧不起，原话是：“没想到你柏骞有一天也会沦落成这种马子狗。”

柏骞毫不在意，反而轻轻地扫了他一眼，语气更轻，“你这种单身狗怎么能懂。”

革海被刺激了，决定再也不评价这俩人了。

明明是狂放不羁的野马，谁知道风平浪静后这俩人居然玩起了比高中生还纯情的恋爱，真是你们情侣的世界我不懂。

在这个不大的城市里，有点名气的餐厅，能碰到熟人的概率简直是95%啊。

柏骞和温晚刚入座没多久，温晚放在桌子上的手机就震了一下。

信息来源于一个不常联系的高中同学。

她狐疑地点开，加载出来一张照片，而照片上的人正是她和柏骞的背影。

温晚猛地回头张望了一下，柏骞抬眸看她，“怎么了？”

“我好像遇到我同学了。”

“你右后方第二桌，穿着蓝色大衣的女生是吗？”

“啊？”

“她刚刚冲着这边拍了照，然后你手机就震了。”

温晚握着手机，看着柏骞，一定是最近的日子过得太平淡了，平淡得她都快忘了这个男人本来是干什么的了。

柏骞见她发愣，捏了下她的下巴，“怎么了？”

“怎么办？要带你见人了。”温晚盯着他，眼睛一眨不眨。

“我见不了人吗？”他问道。

温晚摇摇头，声音比刚刚轻了些：“舍不得让你给别人看。”

柏骞微愣，随即眉眼更柔和了，嘴角勾了勾，又捏了下她的下巴，“那现在怎么办？”

温晚好像很为难的样子，眼神四处瞟了下，吸了吸鼻子，“还是要给人看的，不然别人怎么知道我有个这么好的男朋友呀。”

她话音刚落，下巴就被用力往前拉了下，随后唇上一暖，他只是碰了碰就放开了她。

“这么撩是要付出代价的。”他声音微哑，眸子里是隐约可见的火苗。

“什么代价呀？”温晚眼底一片无辜，装作什么都不懂的样子。

“会让你知道的。”

温晚立马红着脸站起来往同学那边走去，顾欣见她过来笑得一脸揶揄，“男朋友呀？”

温晚点头，又见她身边坐着一个男生，“这是你男朋友？”

“嗯，介绍下，高天宇。”顾欣落落大方，眼神又往柏骞身上瞟去。

“我们一起坐吧。”这是温晚第一次在外正式介绍柏骞，她有些紧张地咽了下口水，“他叫柏骞……嗯……我男朋友。”

“我以为你会和舒泰在一起呢。”刚坐到一起，顾欣就放了一个大招。

温晚一惊，下意识地看了眼柏骞，快速解释道：“我和舒泰就是朋友。”

顾欣点头，“嗯……青梅竹马的朋友。”

温晚瞪了顾欣一眼，看透了她故意恶搞的心，她高中的时候和顾欣的关系非常好，之后去了日本后也一直在联系，只是这两年，大家都工作后交流少了一些，温晚知道她没任何恶意。

“是要互相伤害吗？”

顾欣“扑哧”一下笑了，“好了好了。”

她身旁的高天宇倒是好奇，“说说啊。”

顾欣拍了他一下，“你专心吃你的。”

高天宇耸耸肩，倒是很听话地吃起了东西。

温晚的心情很好，大家几年后再见，不仅看起来过得很好，而且身边都有了喜欢的人，这不就是当年年少的自己期待的嘛。

柏骞拿过一串肉，先尝了一个，随后递到温晚嘴边，“有点烫，小心。”

温晚自然地咬了过去，确实很烫，她用牙齿咬着，不敢放进嘴里。

柏骞看着她，忽然附身直接将她嘴里的肉接了过来。

温晚眼睛睁大，立马看向顾欣，顾欣挑着眉，拿着水杯喝水。

还好是晚上，还好灯光昏暗，不然温晚的脸得红成什么样。

她看了眼柏骞，对方像没事儿人一样，正对着肉串吹气呢。

吹了一会儿，又送到温晚嘴边，“这个应该不烫。”

温晚咬了过来。

“烫不烫？”

“不烫。”

也不知是什么时候养成的习惯，温晚似乎已经很习惯柏骞这样喂食，好像自从回国后，每次吃饭自己都没怎么动筷，都是他喂的。

温晚又看了顾欣一眼，见她正和身旁的男友对视。啊，肯定是在吐槽她，没想到有一天她也会成为这种秀恩爱的人。

柏骞又送过来一块肉，见她正在分心，“吃，这个月不长到90斤，有惩罚。”

温晚抬头看过去，“什么惩罚？”

自从她分科室后进了骨科，体重一天比一天轻，短短一个月瘦了8斤，体重连80斤都变得岌岌可危。

柏骞简直将她的长肉任务放在了首位。

“快吃。”他催促道。

温晚听话地快速将肉吃掉，脑子里还在想究竟会是什么惩罚。

一顿饭吃得还算和谐，临走的时候顾欣突然将温晚抓到一边。

柏骞看着她的动作，“我去开车。”

“好。”

顾欣眼里有些羡慕，目送着柏骞离开，“你男朋友会不会太宠你了啊？”

温晚的脸一红，“是吗？”

她之前没什么感情经验，不知道其他情侣的日常相处是什么样子的。

“你们在一起多久了？”

“啊……”温晚想了想，“几个月吧。”

“那还这么腻啊。”顾欣感叹。

温晚看向她，又看着站在不远处的高天宇，“我们很腻吗？”

“嗯。他看起来真的很喜欢你。”顾欣看着她，将温晚被风吹乱的发丝挂到耳后，“有计划结婚吗？不少同学都有孩子了。”

温晚摇了摇头，“我也不知道，先过好当下吧。”

“也是。”

柏骞的车已经停在路边，顾欣拍了下她的肩膀，“去吧，别想那么多，谈恋爱嘛，享受就好。”

温晚微愣，她不知顾欣是怎么看出她心里的顾虑，她认真地看着顾欣的眼睛，然后重重地点了下头，“我会的。”

她从认识柏骞就知道自己不可自拔的沦陷，都说先喜欢的人先输，都说女孩子陷得太深以后受伤的肯定还是自己，无数人不看好他俩的关系，包括她的亲哥。

可是怎么办呢，她自己也不看好呀，但就算知道这段感情肯定不稳定，没有安全感，没有信心，但还是想要和他在一起。她的喜欢哪是自己能控制的。

明知道前方是悬崖，还要横冲直撞。

因为喜欢不可理喻呀。

“在想什么？”

温晚靠在车窗上，侧头看向正在开车的柏骞，男人生得好看，做什么都无比养眼。

“在想你呀。”

柏骞笑了，伸手摸了摸温晚的头，又搂了下她的肩。

“你今晚是不想回家了。”

“是啊，我想去你家啊。”

柏骞将车调头，温晚吓了一跳，眼睛睁大地看着他。

“去我家。”

温晚大笑，“我要跳车啦。”

“跳吧。”柏骞将车门反锁。

温晚笑得更厉害，“去就去，谁怕谁啊。”

“这话希望你一会儿也记着。”

那句话温晚一直记到柏骞的车开到地下车库。

她看着柏骞熄火，然后侧过头来看她。温晚默默地咽了下口水，直直地看着他。

柏骞忽然笑了，俯身过来，温晚屏住呼吸，没想到他只是将她的安全带解开。

“你好像很紧张。”

“哪儿有。”温晚立马反驳。

柏骞越靠越近，唇与唇的距离所差分毫，鼻尖时不时地相互摩擦，声音忽然低了下来：“真的没有吗？”

“没……”她话还没说完，就被猛地吻住，舌头直接伸进她的嘴里，揪着她一起缠绵，她的脑袋下意识地往后仰，而脑后又有一只手紧紧地抱住她。她的内心似乎有一团火在烧，而身体却又软又麻没有任何力气，只想被他抱紧更紧一些。不知过了多久，他轻轻蹭了蹭她的鼻尖，牙齿轻柔地咬过她的上唇，舌头还在她牙齿边缘舔舐。

“青梅竹马？”

本来已经意乱情迷的温晚，忽然清醒，微微睁开眼睛，看着近在眼前的人。

居然在这个时候秋后算账。

她伸出胳膊抱住他的脖子，将自己送进他的怀里，主动咬住他的唇，舌头伸进去，碰了下他的舌头又跑了出来，把脑袋凑到他耳边，唇时不时碰到他的耳垂。

“喜欢你……只喜欢你。一颗心满满都是你，青梅竹马不过是一起长大的朋友，哪有你重要。”

柏骞将她抱得更紧了，“今晚你真的回不去了。”

▹▸ 2

温晚早上六点就接到了医院的电话。

手机放在床头震个不停，柏骞皱着眉睁开眼，看了看还在睡的温晚，将她往自己怀里又抱了抱，然后才伸手拿过床头柜上的手机。

“温医生，24床情况异常，你速度来医院。”

柏骞的眉头皱得更狠了，刚想按掉手机，已经被那头声音吵醒的温晚，模糊地回了句，“知道了。”

然后示意柏骞将电话挂掉。

柏骞摸了摸她的头发，低下头额头碰着温晚的额头，“醒了？”

“……嗯。”温晚的眼睛还没睁开，腰还在发酸，整个人都散发着不想起的气息。

柏骞笑了笑，“这么困。”

温晚在被子里的腿轻轻踢了下柏骞，“谁害的。”

“我，是我。”

温晚将脑袋放在他胸口，“……哼。”

柏骞亲了下她的额头，“那继续睡。”

“呜……不行。”温晚迷糊地睁开眼看向柏骞，“热爱工作的我还是要去照顾病人。”

“困啊。”柏骞亲了下她的唇，随后起身，将她抱起来，一路抱到卫生间，将她放在地上，身体靠在他的怀里，然后挤好牙膏装好水。

“张口。”

“啊……”

他喂进一口水。

“吐掉。”

温晚闭着眼睛低下头照做，然后就被人扶起脑袋，嘴巴里塞进一个薄荷味的牙刷。

柏骞站在温晚身后，一只手捏着她的下巴，另一只手拿着牙刷，眼睛看着镜子里仔细地帮她刷牙。

“吐掉，再含一口水，再吐掉……”

柏骞看着温晚困得要死的模样，笑出声来，摸了摸她的脑袋，又将她转过来，亲了下她的唇。

“要洗头吗？”

温晚摇摇头，“不洗了，还不油。”

“懒死。”

温晚不赞同地反驳，“这是给你省事。”

“也是。”

温晚抱着柏骞的腰，柏骞拿着毛巾帮她洗脸，她本来白嫩的脸颊，被柏骞擦得有些发红。她闭着眼偷偷笑，之前都不敢想象这个人能这么细致地照顾她，没想到他竟然无师自通地做这些事情。

“好了，自己清醒清醒，我去做饭。”

柏骞捏了下她的鼻尖，“听见没。”

“听见啦。”

24床的病患刀口感染引起发烧，情况不算坏，温晚处理完就开始日常巡房了。她才混上医师，但在人才济济的市一院是扎眼的存在，背景和后台的说法层出不穷，反正没人相信她是个有学历有经验有实力的人。

午饭的时候，温晚和儿科的芮瑶一起吃。芮瑶的状况和温晚很像，甚至更惨，温晚虽然被说有背景，但大家都不知道背景具体是谁，而芮瑶可是明晃晃的副院长的千金，更是挡不住啊。

而芮瑶简直就是傻白甜，根本听不见这些谣言。

“我爸疯了，早上和我说他给我报名了市里的百人相亲大会，让我晚上八点准时到月光码头参加。”

温晚正吃着饭，被呛了个正着，咳了好久才缓过来。

芮瑶拍着她的后背，“你怎么比我还受惊吓。”

温晚喝了口水缓过来，“真的假的啊？”

“当然是真的啊，他还知道我和你关系好，顺便帮你也报名了。”芮瑶从白大褂口袋拿出两张邀请函，递给温晚。

温晚看着邀请函一时不知该说什么，“……我有男朋友啊。”

芮瑶满脸质疑，“别闹，和我装什么，我都没人要呢，你还会有人要。”

温晚：“……”

芮瑶放下筷子，看向温晚，“不会吧，你不是吧，你居然一直瞒着我？”

“我也没说我没有男朋友呀。”

“你也没说你有啊。”芮瑶很受伤，仿佛被全世界背叛了，“不行，我不能接受，你怎么能有男朋友呢。”

温晚继续认真吃饭，脑子里还在想着柏骞所说的惩罚，为了避免惩罚，还是老老实实长肉比较好。

“不行！你今晚必须陪我去。”芮大小姐不容拒绝直接端着盘子走了。

温晚看着她背影只觉得好笑，低头看到手机屏幕上某人发来的信息。

咦，怎么感觉某人要炸啊。

“去参加百人相亲大会？”

温晚站在人少的走廊上接着柏骞的电话。

“我只是陪同事去的。”

“我也去。”那边直接放出三个字。

温晚头疼地捏了捏眉心，“我真的不想去啊，可是芮瑶又不放过我，她怎么都不相信我有男朋友啊。”

柏骞放下手里的案宗，站起来走出值班室，“看来你在外面将我藏得很深啊。”

“……”温晚觉得这个人自从做了民警后可能矛盾调解多了，口才变得无比好了，“没有呀，明明是你藏我藏得深，你朋友圈发过我相关的东西吗？”

恶人先告状说的就是温晚了，她觉得这一步做得很好，果然柏骞沉默了两秒。

“好。”

“啊？”温晚不知他怎么会是这个反应，那头就已经将电话挂了。

所以，好到底是个什么意思啊！

“好”字一直在温晚的脑子里徘徊到下班。

芮瑶早早在她办公室堵人，就怕她跑了。

温晚好脾气地看着她，“你真是执着。”

芮瑶得意笑了笑，“我这人最大的优点就是执着。”

电梯刚下到b2，打开门的瞬间，就看到一个无比熟悉的身影站在电梯正面前。

温晚一怔，下意识就心虚，有种被捉奸的错觉。

明明还没有红杏出墙，怎么就感觉自己做了不好的事情呢。

芮瑶凭借女人敏锐的第六感察觉到了温晚和柏骞之间的不对劲，她的眼神在他们之间徘徊。

“这就是你男朋友啊？”

温晚点点头，她看着柏骞，“这是我男朋友柏骞，这是我同事芮瑶。”

柏骞点了点头，算是认识了，眼睛还是盯着温晚。

温晚的脑子里一下子想起了下午那个诡异的“好”字。

她紧张地舔了下唇，“今天下班这么早呀？”

“毕竟女朋友要去相亲，必须要早下班。”他的话说得颇酸，语气却很轻，好似她真的要抛弃他一样。

芮瑶笑出声来，立马附和：“是呀是呀，我不想去，阿晚还非要拉着我去。”

“芮瑶！”温晚加重语气喊出来。

芮瑶笑嘻嘻地说：“干吗，背着我有了男朋友，我还没找你算账呢。”

柏骞挑了下眉，目光更加深幽，似乎下一秒就能将温晚吞噬。

“看来我真是见不得人啊。”

温晚眉头一跳，直觉要坏事，立马站到柏骞身边，抱住他的手臂，“没有没有，我喜欢你恨不得全世界都知道呢。”

“是吗？”

“是是是。”温晚立马回应道。

柏骞突然将她揽到自己怀里，然后低下头猛地吻住，动作太快温晚只觉得眼前好像有道光闪过。

目睹全过程的芮瑶觉得内心受到了一万点伤害，消失了。

哼，有男朋友了不起啊。

就会虐狗！

“还去？”柏骞的手指摩擦着她的唇角问道。

温晚摇摇头，“不去不去。”

“乖。”

温晚坐到车上。她拿着手机无聊地打开朋友圈。

三分钟前，身边这个常年不发动态的人居然发了一条。

她点开正在缓冲的照片。

等加载出来的瞬间，温晚吃惊地瞪大眼睛，因为太过惊讶手里的手机都掉到了座位下。

他……柏骞……居然……居然发了他们的接吻照……

所以刚刚那一道光…………

是拍照……？

柏骞看过来，“这样还藏得深？”

“不深。”就差昭告天下了。

还好地下车库比较暗，再加上角度的问题只能模糊地看到两个人的侧脸。

天啊……

她是真的没想到柏骞会用这么幼稚的手法秀恩爱啊。

原来那个“好”的意思是这个啊。

虽然手法简单粗暴了一些，但是她好像还是蛮开心的啊。

原来秀恩爱的人心理是这样的啊。

“那你打算什么时候让我不是黑户啊？”

正巧红灯，柏骞侧过脸来看着她，温晚咬着唇，刚想反驳，手就被他拉住。

“你要知道我爱你，我是你的，而你也只能是我的。”柏骞将她的手拿到唇边亲了下，又抬眸看她。

温晚点点头，她心里那点不自信不安全，在这个瞬间似乎被他驱赶得一干二净。

还要怎样呢，在这个瞬间，明确的是他爱我，而我也爱他，还有什么比这更美好的事情吗？

▹▸ 3

“你在干什么呀？”

“在想你。”

温晚握着手机，不自觉笑起来，柏骞去临城出差，估计还在车上没到目的地呢。

“这么快就想我了啊？”

“嗯，想你。”

“花言巧语。”温晚靠在医院的落地窗边，看着夕阳下被染红的云层，心里不自觉得发甜。

芮瑶从身后走过，撇着嘴嫌弃地看了眼傻笑的温晚，“行了，知道你是有男朋友的人了，有必要天天这样嘛，你不腻都我都腻了。”

温晚看了眼芮瑶，“就腻死你。”

芮瑶瞪大眼睛，凑近温晚对着电话那头说：“今天心外来了个帅哥实习生，一起去看看。”

温晚下意识说了声“好”，说完才想到电话还是通着的。

芮瑶一副达成目的的样子跑走了。

“嗯……我其实就是去凑个热闹。”

柏骞“嗯”了一声，“看看就行了，别看太久，我会吃醋的。”

“你还会吃醋呀？”温晚好奇地问道，她似乎还没见过柏骞特别吃醋的样子。

“嗯，因为只想你看着我。”

温晚的心颤了一下，受不了本来冷言冷语的人说起情话。

“好啦好啦，我会只看一眼的，挂啦。”

柏骞看着被某人迫不及待挂掉的手机，真是小女孩儿，就是容易害羞。

他一抬眸看见所里新来的女实习生正看着他。

他眉头微蹙，脸上没了刚刚的温柔笑意，“怎么了？”

小实习生有些怕他，平日在所里就觉得柏骞可怕，他明明不严厉，但是却透着生人勿近的气息，可他身上又种想让人靠近的特质。

而刚刚他用这么温柔的声音说着无比肉麻的情话，她却无故从内心深处透着羡慕。

原来喜欢一个人是这样的。

“那是您女朋友吗？”

“嗯。”柏骞应了一声。

见柏骞搭理她，小实习生的胆子大了一些。

“您喜欢您女朋友什么呀？”

柏骞的眼睛扫向她，小实习生一愣，刚要说不回答也行，就听见他的声音。

“喜欢她整个人，没有不喜欢的。”

“那她一定有很多优点吧。”

“在我看来都是优点。”

小实习生默默吞下一万斤狗粮，又默默想起自己的男朋友。

仿佛自己谈了个假恋爱。

为什么别人家男朋友是这样的。

自己的男朋友……算了，不提也罢。

柏骞看着窗外，脑子里忽然闪过她第一次稚嫩又强装大胆撩拨自己的模样，嘴角又勾了勾。

明明乖得要死，非要装作不良。

有些人看第一眼就知道只能做朋友，而有的人看一眼就知道会注定发生故事。

柏骞，温晚。

他在嘴里默念这两个名字。

怎么办呢。

阿晚。

我又开始想你了。

温晚下班的时候看见费野在医院大厅等候，她有些意外，不知这位缉毒大队长现在找她什么事。

“温小姐。”

费野笑了，递给她一个纸袋，“这是柏如良给你的东西。”

温晚看着纸袋不知该不该拿，费野笑着说：“打开看看吧。”

温晚一听立马接过来，她想这东西应该和柏骞有关。

是个看起来年份不短的玉镯，她大约知道材质，能隐约猜到价格，看着通体翠绿的镯子，给柏骞打了个电话。

柏骞听她说完后，只淡淡地说了三个字，“收着吧。”

“嗯？”

“柏如良示好，这是他们家传给儿媳妇的见面礼。”

温晚的脸猛地发了烫，看着放在眼前的翡翠镯子，心有些慌，口不择言问道：“那我收着干吗？”

柏骞在那端低低地笑，“真的不收？”

温晚鼓了鼓脸，过了两秒，没了刚刚的气势，软趴趴地回道：“……收。”

她心里不着边际地想，这算不算求婚啊。

“我明天下午就回去了，你准备准备。”

“啊？我明天值班要很晚啊。”

柏骞“嗯”了一声，心情一点儿都没受到影响，“那我去陪你上班。”

柏骞将车停在不起眼的角落，看了眼时间，拿出手机给温晚拨了过去。

“在干什么？”

温晚刚做完手术，正想给柏骞打电话问他到了没有，“在想你呀。”

已经入冬，她刚换下衣服，身上穿着上个月刚买的卫衣，想起买卫衣时她一个人和店员讨论男朋友能不能穿，忽然笑了。

遇到好东西想与最喜欢的人分享，而那个人，正好也最喜欢你。

“好，那我们约会去。”

深更半夜去哪里约会，温晚刚打算问，就被人从身后抱住。

她惊讶转头，看着柏骞还有一身未洗去的风尘。

“亲我下。”柏骞捏了下她的下巴轻声说。

温晚踮着脚尖，凑过去亲了一下，“这么迫不及待来见我啊。”

柏骞用力抱住她，“嗯。”

温晚又笑了，仰着头看着他，“好爱你呀。”

柏骞捂住她眼睛，话里带着笑意和温柔，“别这么看着我说。”说着将她的手拉到他左心口，“会超速。”

某人一定背着她偷偷去报名了甜言蜜语辅导班。

不然怎么能进步这么神速。

“明天哥哥生日，陪我去看看他，顺便有个事情要告诉他。”

“什么事情？”

温晚笑了，保持神秘不肯说：“你明天就知道了呀。”

第二天一早，温晚买了蛋糕和花。她其实不太知道温北喜欢什么，温北比她大很多，记事以来一直都是温北在照顾她，她喜欢什么就是什么。而温北似乎不太把自己的喜好放在外面，她知道温北爱吃甜食，还是因为一次偶然。

温晚和柏骞并肩坐着，温北坐在另一边。

温晚仔细看着温北，他似乎没有变化，似乎又有很多变化，不知从何说起。

还是她英明神武的哥哥，哪怕穿着囚服，气势都无法被磨灭。

只是眼角的那点不可一世的骄傲不见了，似乎整个人更寻常了一些。

温晚不知这种变化是好是坏。

柏骞捏了下她的手心，她才如梦初醒地笑了笑。

“生日快乐。”

温北笑笑，“快乐。”

温晚低头又抬起握住柏骞的手，眼睛直直地看向温北，语气坚定又认真：“哥，我要和柏骞结婚了。”

柏骞愣了一下，他侧目看了眼温晚，他没想过有一天这种事会让温晚先说出口。

温北快速抬眸看向温晚，见她嘴角浅笑，和从前一样。

“恭喜，可惜我参加不了了。”

温晚笑笑，“那等你出来后再办婚礼。”她说话的瞬间看了眼柏骞，他一直看着她，眼神认真又温柔，似乎一切都听着她。

从里面出来，温晚拉住柏骞的手，“你会不会怪我自作主张。”

“不会，你做的所有决定我都不会有意见。”柏骞摸出钱包，将银行卡和信用卡都抽了出来放在温晚手里，“密码是你的生日，以后你每天只要给我十块零花钱就够了。”

温晚看着信用卡笑出声来，这个十块钱的梗，是来自温晚的一位同事。

作为一个“气管炎”的男同事，有天和他们聊天，说他老婆每天早上给他发十块钱红包，而他的工资卡全都上交。

温晚作为笑话讲给柏骞听，当时他也要把工资卡上交给温晚，温晚没要，说名不正言不顺。

所以现在她是给柏骞名分了吗。

柏骞见她没收，直接塞进了她的包里。

“收着，我的就是你的，我整个人都是你的了，你到底在过不去什么。”

温晚看了他一眼，“好啦，收下啦。”

可能是家庭的原因，她总怕别人和她相处期间付出太多，所以她在经济上总是想要和柏骞相对平衡。

柏骞和她谈过一次，觉得她分得太清了。

她也诚实地说，自己还没过去心里那道坎。

“柏太太，现在确定你是我的人了吗？”柏骞将她抱到车上，目光只距离分毫。

温晚笑着想要躲开，却被他抱得更紧。

“是是是。”

话音刚落，就被他吻住了。

“从没有过这样爱一个人，想给她最好，又觉得自己没用，害怕做不到，你是第一个。”柏骞将她抱到怀里，每个字都说得无比轻。

温晚看着他，捏住他的鼻子，“你最近嘴巴这么甜，吃了很多糖嘛。”

柏骞又亲了她一下，“吃了你呀。”

温晚笑着说：“我也是，喜欢你呀，所以想给你做很多事情，希望每天都看见你，希望无时无刻都能让你喜欢我，很怕自己做了什么让你对我的喜欢减少一分，就这样担忧着害怕着又受宠若惊地度过每一天。”

“不会的。”

“嗯，我们结婚吧。”

番外

黑心人开的黑心店

▹▸ 1

“500美金一间？”

“不还价。”

琅勃拉邦市区的这家极具个性的客栈，不知何时成了一家网红店，而且红的范围是全球，当然在国内更加红火些，毕竟有个让人赏心悦目的帅哥老板。

美女常见，帅哥难求，更何况这么有个性的真帅哥。

钟夜星确实是学老挝语的，但是她去考公务员却是因为来过这家小店后。

她当时刚来老挝交流，从万象到琅勃拉邦旅游，涉世未深就遇到了一家黑店。

500美金，是真的不还价。

而且这家店连个店名都没有，更别说其他靠谱的东西了。

要不是看在老板是中国人的份儿上，她差点儿就报警了，报警的原因就是抢劫！

她第一次见到柏骞，和所有小姑娘一样，觉得他帅气英俊充满神秘，有一种让人想要去探索的感觉。

可他少话，冷漠，有一种积极且颓废的矛盾感。

洛灵那时还在店里，常黏在柏骞身边，明眼人都看得出洛灵喜欢他，他却置身事外。

钟夜星第一次和柏骞交谈是在她退房的时候，这个冷漠的男人突然对她说。

“你适合做警察。”

钟夜星一愣，本想问为什么，又一想可能他只是随便一提。

可他这句话却被钟夜星在心里放了两年，毕业那年，她不顾家里反对报了省考，特招进了省队。

后来认识了费野，再后来她才知道柏骞的来历。

她后来又去过几次琅勃拉邦，去了那家客栈。和柏骞慢慢多了些交流，但也只限于寒暄。

她第一次听到温晚的名字是从革海嘴里，他天花乱坠夸张地讲着她和柏骞的关系，钟夜星本来是不信的。但当他看到柏骞看手机的表情时，忽然就相信了。

喜欢一个人啊，真的是藏不住的。

眼神啊，哪怕是再会隐藏，爱也会漏出来的。

她开始好奇温晚到底是什么样的女生，能将柏骞这样的男人收服。

在大巴上遇到温晚真是意外，那个瞬间她却理解了柏骞为什么会喜欢温晚。

她身上有所有柏骞没有的东西，或许因为没有才格外珍贵。

“星姨，你发什么呆呢？”柏宣拉了拉钟夜星的衣角。

钟夜星笑着将柏宣抱起来，“你爸妈呢？”

柏宣撇了撇嘴，指着大厅角落的沙发上的两个人。

钟夜星顺着手指的方向看过去，太阳穴猛地一跳。

柏骞将温晚压在沙发上，亲得很不含蓄。

这……

还当着孩子的面儿呢！

钟夜星一时不知向何处控诉，只能先将柏宣的眼睛捂起来。

“嗯，星姨带你去转转吧，你爹妈现在不方便。”

钟夜星偷偷摸摸带着柏宣走了出去，越想越不对，为啥她这么尴尬，为啥她这么心虚。

一定是因为柏骞太不要脸了。

骂了几句后，钟夜星忽然笑了起来。

这样的柏骞，她还没有见过。

他眼里总是带着情，温柔地注视着温晚。

啊，好想谈恋爱啊。

钟夜星看着天上的太阳默默许愿，单身太久真的会得病的。

图书在版编目（CIP）数据

飓风之上 / 阮幼仪著. — 南京：江苏凤凰文艺出版社，2018.1

ISBN 978-7-5594-1402-1

Ⅰ. ①飓… Ⅱ. ①阮… Ⅲ. ①长篇小说－中国－当代 Ⅳ. ①I247.5

中国版本图书馆CIP数据核字（2017）第282343号

书　　名	飓风之上
作　　者	阮幼仪
责任编辑	丁小卉　姚　丽
选题策划	李　娟
封面设计	将格格Atomic
版式设计	新兴工作室
出版发行	江苏凤凰文艺出版社
出版社地址	南京市中央路165号，邮编：210009
出版社网址	www.jswenyi.com
印　　刷	三河市中晟雅豪印务有限公司
开　　本	870毫米×1280毫米　1/32
字　　数	230千字
印　　张	9
版　　次	2018年1月第1版　2018年1月第1次印刷
标准书号	ISBN 978-7-5594-1402-1
定　　价	39.80元

江苏文艺版图书凡印刷、装订错误可随时向承印厂调换